八十路のひとりごと

神垣　清
Kiyo Kamigaki

文芸社

まえがき

八十七歳という予期しない生命をさずかりまして、日々、老いてゆく体力とは裏腹に、何かを書いてみたいという衝動にかられ、思うがままにつたない文章を書いてみました。

書いているうちに、生きがいのような喜びを感じるようになりました。

ボケ防止のためにもという切なる思いから、ペンを執りました。

ご笑読いただければ幸いと存じます。

目次

一、夕立

今年も暑い夏がやってきた。

四十年も横浜に住んでいるが、都会には夕立がない。

古里《ふるさと》の夏には、毎日のように夕立があったような気がする。真っ黒な雲が、西の空から、身体を覆うように追っかけてくる。雨をさけるために、早く家路へとまっしぐらに息をはずませて走るのだが、空を飛ぶ雲にはかなわない。それこそ空豆のような大粒の雨が、ばらばらと音を立てて全身をたたく。砂ぼこりをまき上げながら、疾風《はやて》のごとく足元を通りすぎてゆく。どしゃ降りの雨。身体全体を痛いほどの力で洗い流してくれる。

何と気持ちの良いことか。むせるように地上からはいのぼる夕立の匂い、表現するのがむずかしいが、これは生涯忘れることができない匂いである。

バブルの後遺症で、金融業界も国民全体も、何となく、さえない毎日を不安な気持ちで送っている。政府が実行するビッグバン「金融制度改革」が成功すれば、日本経済の黎明《れいめい》は近いという。

しかし、多くの犠牲をはらわなくてはならない。家庭の主婦たる者は、こういう時代にこそ、実力を発揮しなければならない。生活水準を下げて、さまよう夫のたづなをゆるめて、家族全体力を一つにして、乗りきらねばならない時である。子供達も、それぞれが犠牲を強いられることもある。進学をあきらめたり、退学を強いられたりするということは、子供達にとって一生を左右される出来事でもある。

だが悲しむことはない。人間の一生には、様々な転換点がある。目を開けば、いくらでも道が開けてくるのも人生の妙味の一つでもある。

一度、夕立のどしゃ降りに洗い流されて、心の底からすっきりとしたいものである。

二、紅い花

いつも通る街角に、紅い花が咲いている。

それは、ものさびた空きビルの一階にある五十センチ四方の四角い発泡スチロールに植えられた、ゼラニュームの紅い花である。一階に住んでいた食品店が立ちのきをしてから四年余り、主人におき去られてもなお、冬を除いて咲き続ける健気《けなげ》にも逞《たくま》しき花、花の命は短しというが、この花はさにあらず。

忘れられて手入れされることもなく、青い葉は落ちて、かすかに二葉、三葉とどむるのみ。一メートル余りに枝ぶりよく背を伸ばして、散らすがごとく点々と紅い花を咲かせている。そこを通るたびに、愛らしく美しいと思う。花を眺めては、愛《いと》しさと逞しさを覚えるのである。そして誰かが、そっと発泡スチロールの土に、水を与え続けているに違いない。こよなく優しい人がいることをしのびながら、紅い花を眺めている。

三、古里

六十八歳位までは、少々無理をしても、十分睡眠をとることによって疲労が回復してしまう。旅行をしたり、好物を食べたり、自由な生活が楽しいものである。七十歳になるまでに、できるだけ旅行をすることである。七十歳を過ぎると、体力が急に衰えてくるからである。

老いてからの姉妹の旅行ほど、楽しいことはない。お互いに、少女の時のような気持ちにかえり、故郷を想い、亡父を語り、思い出話に花を咲かせる。これは、若くして世を去った亡父への何よりの供養だと、しみじみと思うのであった。

ある日、私は一人で故郷の土をふんだ。晩秋のころであった。幾年ぶりであろうか、久しぶりに見る古里の風景は余りにも変化していた。青春時代まで住んだ家もすでになく、大根畑と化していた。黒々とした土に、大根の青い葉が目にしみる。父が植えたという桐の木や、祖父が植えた果実や庭木が、その影すらなく、昔の面影の片鱗《へんりん》すらなく、七十年という年月は想像以上にうつろいやすい。

故郷を失うということは、こんなにも空虚なものなのか。若きころ、家というものをもっと大切に考えていれば、こんな悲しい思いをせずにすんでいたのに違いない。

八十年を生きてみて、苦境の時、何を心の支えに生きてきたのかと思い出をたどると、矢張りどん底にあって考えたことは生まれ育った家のことである。自分の成長をしてきた家というものに、誇りを持って生きてきた。それがたった一つの心の支えになり、今に必ず、という気迫が心の底から泉のごとく湧《わ》き出てきたのを覚えている。自分の家系に誇りを持って生きることによって、いかなる苦境にも耐え、困難な仕事を全うすることができるものである。

自分の先祖を知るということは、人生に確信をもつ第一歩とも思う。誇りというものは、精神的なものであって、人に見せびらかすものではない。親から子へ、子から孫へと、営々と受けつがれた高潔な生き方が、幾年か後の世になって、人生にいかなる花を咲かせるか、夢は大きい。

人間は、自分が住む国土を愛し、よりよく住み心地の良い国にしたいのと同じように、自分の家庭も居心地の良い安定性のあるものにしたいと、誰しもが願っているのに違いない。しかし、現在のように親子関係が希薄な状態では、お互いの心理状態を理解することもなく、親から子へと受けつがれていく伝統的な美というものが、育成されていかないのが寂しい。

家庭の中心になる人物が、自分の家というものをいかに認識し、成長させていくのか、頭の中で一本の太い目標を描いて欲しい。

そうすることによって、砂に沈みつつある家庭が蘇《よみがえ》ってくるのである。

思い出の竹藪《たけやぶ》のそばにある細道を通り抜け、土橋を渡り土手に上がると、背丈ほどもある草がぼうぼうと伸びていた。かつては、曼珠沙華《まんじゅしゃげ》の赤い花が一面に咲き、向こうの土手には月見草が可憐《かれん》に咲いていた。またある時は、藪椿《やぶつばき》の紅い花が、笹《ささ》の間からのぞくように顔を出していた。小川の水もチョロチョロと躍るような音を立て、川底の砂や小石がさざ波にチカチカと揺れ動きながら、太陽の光線をあびている。サワガニが濡れた砂の上を散歩している。このような光景を瞼《まぶた》の裏に描いていた私は、今のものさびれた風景に唖然《あぜん》としながら寂寥《せきりょう》感《かん》が背すじを走るのを覚えるのだった。そして身の老いを深く感じるのであった。

背丈ほどある草の間をぬって、土手を下りると砂原に出た。そこには大小様々な岩があり、その向こうに木津川は流れていた。川幅は七メートルほどだが深く、川底がよどんでよく見えなかった。昔は、ハヤなどが群をなして泳いでいた。少女のころは、ここに来るのが楽しみであった。今は水が濁り、岩も光がなく、昔の面影がどこにもなかった。自然が光を失うということは、人間の心にも暗い影を宿すものである。

だが、向こう岸にそって茂る杉木立が濃き緑豊かに生い茂り、力強い生命力を感じさせるのがせめてもの救いであった。

美しい水鳥が岩を飛び交う姿は、絵のごとく美しかった。そのような環境で成長をした自分を、この上もなく果報者だと思っている。

この古里を去りて早六十余年、過去に何度か訪れた時には、今ほどの変化はなかった。何世紀も以前からこの地で繁栄を続けた故郷の家はその影すらなく、寂寞《せきばく》とした風景に一抹の後悔と責任感のようなものが全身を通り抜けてゆく。男子に生まれていれば、いかにしても我が家を繁栄させていたに違いないと、今更言ってみても仕方のないことであるが、悔いのようなものが心をよぎってゆく。

「古里は遠きに在りて思うもの」というが、人間関係のなくなってしまった古里は、寂しく悲しいものである。住めば都というが、矢張り現在居住しているところは、子供達にとってはやがて古里になるのであろうか。心の古里というものは、温かく光をおびていつまでも続いて欲しいものである。

私は去りがたい思いにかられながらも駅へ向かって歩いていた。

この村にもバスが運行していて、電車を利用する人が少なく、小さな駅も無人駅になっていた。名古屋まで関西線に乗ることにした。うす汚れたベンチに腰をおろして、三十分ほどの待ち時間をもてあましていた。

赤字路線というだけあって、電車の中はがら空きであった。一つの車両内に客が三人しか乗っていなかった。加太という駅から亀山あたりまでの両側に見える山々の紅葉が絵のごとく美しく、走る車窓から、空席であるのを幸い、左側に行ったり右側に行ったりして紅葉を心ゆくばかり楽しんだ。

四、清貧

今年の桜は一入《ひとしお》美しい。たわわに咲いた花の面は濃いピンク色をして、むせるような甘い香りが漂っている。人は皆、散る前の桜が美しいと言うが、私は満開に咲いた花が好きである。甘美な芳香が、小鳥や虫や人間までも魅了する。その桃色の花が花束のごとく集まり、ふくらんだ蕾《つぼみ》が交じり合って咲くころが一番美しいと言う。これは専門家の話であるが、桜の蕾は前年の夏ごろに作られ、秋にはでき上がり、真冬の寒冷を受けることによって美しい開花を迎えるという。

しばらく忘れていた言葉であるが、「春宵一刻値千金」とはよく言ったものである。うるんだようなおぼろ月が、まどかな光を花の面にそそいでいる。こぼれ落ちるような花びらが頭上にせまる。ほのぼのとした満ち足りた情感が、心一杯にあふれ出る。夜桜の風情はまた一入である。

住居の近くにある公園の桜が美しい夜であった。遠く過ぎ去りし若き日の思い出が、ふと頭をよぎってゆく。こののどかな風景をよそに、国内が乱れている。

国の経済を狂わすような罪を犯すのは、五十歳代の男性に多く見られる。教育を受け、エリートとしての手腕があっても、人間として一番大切なものをなくしているからではないだろうか。人間としての基礎教育というものは、いかに大切なものであるかということを知らされる。犬や猫でさえも生後何カ月かの間に、ちゃんとした教育をすることによって、人間社会に順応できるようになるという。

学校でも家庭でもしっかりと基礎教育をしておけば、社会人になってからも、このような失敗はしないものである。戦後のひずみが大きい。不浄なお金で、いくら富や地位を築いたとしても、人間としてそれはいかほどの価値があろうか。所詮《しょせん》砂上の楼閣でしかない。

むしろ清貧に甘んじて、つつましく心豊かに生きるということこそが、人間として最高の価値ある生き方ではないだろうか。最近、時折、ひょうひょうとした魅力的な老紳士に町で出会うことがあるが、おやっと目をみはることもある。年老いても、かくありたいものである。

五、春蘭

名古屋から近鉄の特急に乗り換え、近鉄の八木駅でまた乗り換えて西大寺まで行き、もう一度乗り換えて近鉄奈良駅に着いたのが、午後四時を過ぎていた。

家を出る時、小降りだった雨が、いつの間にか本降りに変わっていた。なたね梅雨といわれる四月頃に降る雨は、もういい加減にやんでもいいはずなのに、なかなか晴れ上がらない。ぐずついた空模様であった。

今日は五月四日、からっとした五月晴れがいつの日訪れるのか、もううんざりという心境である。

短靴にレインコートと雨支度をしていたので、タクシーを拾わないで、ホテルまで歩くことにした。鼻唄《はなうた》まじりに、背を伸ばし胸をはって歩いた。興福寺の境内の五重の塔の前まで来てしまった。矢張り、タクシーに乗らなくて良かった。旅は歩くに限る。

鹿は其処彼処《そこかしこ》に姿を見せた。しとしとと降る雨に、毛並みが光って見える。下を見ると、猿沢池が目前に見えてきた。石段をぼつぼつと下りた。いつ来てみても奈良は良い。京都とは一味違った味わいがある。私は奈良が好きである。雨の降る静かな奈良、乳色に棚引くもやのようなものが、あやしく古都奈良を幽玄なたたずまいにしている。古《いにしえ》の奈良の都を振り返り、胸はおどっている。

猿沢池の辺《ほとり》を通り抜けると、すぐそこにサンルートという小さなビジネスホテルがあった。このホテルを、過去二度利用したことがある。小さな部屋が、一人には落ち着いて丁度《ちょうど》よかった。このたびは、奈良見物が主でなく、長谷寺《はせでら》のボタンと室生寺《うじ》が目的の旅であるが、時間の都合上、ここまで来てしまった。

翌朝目を覚ますと、昨日までの雨が嘘のように晴れ上がり、すがすがしい五月晴れであった。レインコートと雨傘は鞄《かばん》にしまった。九時にホテルを出た。近くのコーヒー店で、パンとミルクという簡単な朝食をとり、また、駅まで歩くことにした。今度は、来た時とコースをかえて歩くことにした。

それには理由があった。山崎屋といって、奈良漬のおいしい店があり、奈良に来るたびに買って帰ることにしていた。わざわざここまで来て宿をとったのも、奈良漬を買うためであった。

五月晴れの青い空を眺めながら、また来る日を心に決めて、名残惜しくも奈良をあとにした。

長谷で下車し、ぶらぶら歩くつもりでいたが、長い石段を下りるのが大変なのでタクシーに乗ることにした。長谷寺に行ってみると、目ざすボタンはすでに散り去り、花びらの一片をも残さず、綺麗にはき清められていた。一週間早く来ていれば、あのあでやかな花の姿を、と思えば残念であった。長いだらだらとした階段を登りつめると本堂があり、風雨にさらされた古ぼけた舞台があった。そこからの眺めは、新緑が燃えるがごとく美しかった。京都の清水寺での眺めには到底かなわないが、樹々の新芽がさみどりに輝いていた。

花去りて後の参詣客はさすが少なく、とても寂しかった。少し歩きすぎた故か、膝《ひざ》に軽い痛みを覚えた。電車に乗らないで、室生寺までタクシーで行くことにした。かなりの道のりにて、タクシー代は五千円を超えていた。

五月五日の休日にて、室生寺の前は観光客であふれていた。朱塗りの橋を背に写真をとっている人や、丁度、昼食時にて、橋の袂《たもと》のレストランは大混雑であった。私は橋を渡り、境内に入り、此処彼処《ここかしこ》と歩いた。室生寺の石楠花《しゃくなげ》も、矢張り花は散っていた。今年は例年より散るのが早いのであろうか。

だが、花の季節は終わっても、燃えるような新緑のさみどりが美しかった。梢《こずえ》からあふれ出る何とも言えぬ若葉の匂いが、エキスとなって鼻孔から入り込み、体全体を包み込んでしまう。ああ、おいしい空気、私は目をつむり、思い切り緑のエキスを吸い込んだ。何と幸福なのだろうか。ふと目を開けると、美しく可憐な姿をした五重の塔が目前に現れた。

この寺は真言宗で、弘法大師（空海）がこの五重の塔を一夜で建立したと伝えられている。十六、七メートルという最小の塔である。

空海が開いた高野山が、密教の道場として厳しく女人を禁制したのに対し、室生寺は、女人の参詣を許したので、「女人高野」と呼ばれるようになったとか。

塔の裏側にある苔《こけ》むした高い石段を登ると、奥の院がある。私は、足の痛みを忘れて登り始めていた。一メートル幅のくずれかけた、いかにも古ぼけた石段である。両側には、太い綱が手すり代わりに取りつけてあった。石段の左右に生い茂る杉木立は、原生林だという。うっそうと生い茂り、八世紀の終わりごろか、もっと以前から生い茂り、今もなお緑濃く、そそり立つ姿を見ていると、長く生きても一世紀は生きられない人間などは、いかに頑張ってみてもこの杉木立の足元にも及ばないことを知らされる。偉大な自然の姿に接していると、人間の価値など小さなものに見えてくるような気がする。

荘厳な奥の院に参拝をし、石段を下りることにした。下りる時には、あまりにも高く急な石段にて、下を見ると恐ろしく感じたが、手綱をしっかりと握りしめて、一段一段とふみしめながら下りた。石段は幾段あったかは数えなかったが、百段はあったと思う。室生の境内には、十本余りのボタンが咲いていた。境内を満喫しながら、今度来るのはいつの日かなどと考えながら朱塗りの橋を渡り、バス停までゆっくりと歩いた。

途中、小さな植物店で、春蘭《しゅんらん》の小さな鉢植えを買った。室生の山々の苔むした土の香りが、つんと鼻をくすぐる。その春蘭を、我が家の庭の梅の木の根元に植えた。今年で七年目、花芽が七つほど、根元のところにふっくらと新芽をのぞかせている。薄茶色に白い配色の小さな花が、地味で素朴で可憐《かれん》である。

この春蘭の咲くたびに、室生の山々を思い出す。

六、巷に拾う

買物をした荷物を両手に持って、バスを降りた。老人にしては少し持ちすぎであると自分で思っているのだが、これぐらいなら大丈夫とつい買物をしすぎる感がある。バス停から早足で十分の道のりをのろのろと歩きながら、今度からは買物は最小限にと、いつも痛切に感じている。

後ろから来た小学五年生位の少年が、

「おばさん持ってあげましょう」

と、私の手から荷物を自分の手に持ちかえた。私は、咄嗟《とっさ》のことであったので、驚きを感じながらも、

「どうも、有り難う」

今時珍しい体験に、一寸《ちょっと》戸惑いを感じていた。少年は健康そうな丸い顔をほころばせて、屈託なく笑っている。

最近は暴力だとかいじめなどの報道ばかりを耳にしている故か、善意の少年のいることをすら忘れていたような気がする。この少年の言葉遣いや態度に家庭の躾《しつけ》の良さを窺い知ることができ、胸のあたたまる思いがした。この少年の両親の姿が想像できて嬉《うれ》しかった。道徳観念の薄れつつある日本も、まだまだ捨てたものではないと感じた。二百メートル余りの道であったが、少年に荷物を持ってもらったお陰で随分助かった。

またある日、満員のバスの中で立っていると、後方にいた少年が私の腰のあたりを軽くたたいた。振り返ると、降りた客の空席があると教えてくれた。私は白髪であるから、特に優しい少年の目には弱い年寄りに見えるのであろう。私より先に降りていった少年の笑顔は、今も私の心に焼きついている。

こういう場合、いつも少年ばかりで、少女に遭遇したことがないのも不思議である。

「一日一善」という言葉があるが、些細《ささい》なことでも他人に善意を施すということは、なかなか勇気の要ることである。乗り物の中で自分の目前に老人が立っているのを見て、席をゆずりたいと心の底では考えていても、素直に立ち上がれない。若いころ、私自身にも覚えがあるが、女性にはそのような弱点があるような気がする。眠くもないのに目をつむっている女生徒を見受けるが、ナンセンスである。良いと思ったら勇気を出して実行するということは、何ともいえぬ心地好い充実感にひたることができるものである。いかなる些細な善意でも、その積み重ねによって、自分の心も豊かになり幸福感にひたることができる。

乗り物に乗って、自分が老人であるから座席にかける権利があるといわんばかりの態度をする老人も時々見受けるが、これは非常に見苦しくはしたない態度である。老人とて、あまえることなく身を処したいものである。

七、少年

秋は駆け足でやって来た。巷《ちまた》には不況の嵐が吹いている。外は雨が降り出したらしい。

横浜駅西口の地下街は、いつものように人の集まりが激しい。無表情な人々が多忙そうに行き交う姿を眺めながら、自分もその中の一人であることに気が付く。自宅から十分歩いて市バスに乗り、湘南電車に乗り換えて、家を出てから三十分余りの時間をかけて、この地下街にある魚屋まで猫の餌《えさ》を買いに来る。鰹《かつお》のなまりであるが、近くのスーパーにはなくて、ここまで出かけて来る。年齢の故か、このごろでは何となく負担に感じるようになった。でも時々は、都会の風情にふれることによって、自分の若さを保ちたいという切なる願いでもある。

それに、とても美味なラーメン屋が、私の味覚をさそうからである。この地下街に来ると、必ず立ちよる二十年来の店がある。狭い店内であるが、未知の人達と肩をふれ合わせて食べるラーメンの味は、また、一入である。

ラーメンを食べて満足感にひたりながら、カリオカという喫茶店でコーヒーを飲んで足を休める。しばらく空白の時間を過ごす。

スペースの広いこの店は、いつ来ても混んでいたが、一人位はいつでも座席はあった。

周囲の客達の会話が、風のように耳たぶを撫《な》でながら通りすぎてゆく。騒然とした佇《たたず》まいの中で、息吹のごとき生活のリズムを感じながら、深い孤独の園に足をふみ入れて行く自分を感じる。しびれるような感覚が五体を流れ、やがて、ふんわりと宙に浮くような幸福感が全身を包む。これが私の孤独感である。寂しさだけが孤独ではない。熱いコーヒーを飲みながら無我の境をゆく。

この時間が欲しいために、遠方まで猫にかこつけ、魚を買いに来る自分に気づきながらも、気づかないふりをしているような気がする。やがて、カリオカを出て、地下街の人波にまみれ、現実にもどる。歩くたびに膝が少し痛むが、痛くないようなふりをして大股に歩いている。いくら頑張って歩いてみても、老人には違いない。八十を過ぎた白髪の老婆には違いない。しかし、自分ではまだまだ若いと思っている。常日頃から、自分は老人だと思わないことにしている。

ふと見ると、みすぼらしき少年が、そば屋の勝手口に佇んでいた。何をしているのかと不思議に思ってよく見ると、求人公告を一生懸命に見ていた。「皿洗いを求む」半紙に書いた黒い文字を、少年は食い入るように見つめていた。その澄んだ瞳《ひとみ》が印象的であった。リストラで父が職を失ったのであろうか。それとも、家族に病人でも出たのであろうか。ふと、私はそんな想像をしていた。

まだまだこれから勉学に励みたい年齢であるはずなのに、少年の心痛を思い胸が痛んだ。世間にすねてみたり、世の中を甘くみたり、明日を考えない少年達が多い中で、家族の一員として職探しをする健気な少年もいる。人間は生きるためには、何を犠牲にしても働いて、収入を得て食べなければならないのである。この少年は、若くしてこのことを身を以《もっ》て知ってしまったのであろう。

恐らく、将来は人間として大きく成長してくれるのではないか。こんなことを考えながらも、今をどう乗り越えてくれるのか不安で心が痛む。この少年と、いつかもう一度会ってみたいものだと、思いを残しながら、振り返りつつ魚屋の方へ足を運んだ。

魚を買い、エスカレーターで地上に出ると、雨はやみ雲の切れ間から青空がのぞいていた。女心と秋の空。ふと、こんな言葉をつぶやきながら雑踏にまみれ、またエスカレーターを降り、改札口へとゆっくり歩いた。

八、白い犬

久しぶりに早起きをして、近くの農家に野菜を買いに行った。帰り道、公園の中を通り抜けようと思って十段ばかりの石段を登り、ふと見ると、桜の木の根元に一匹の白い犬が寝そべっていた。

首輪をしているが、よく見るとどうも捨て犬らしい。近づいても目を少し開けるだけで反応がない。死んでいるのかとも思ったが、よく見るとかすかな息づかいが聞こえる。行くあてもなく放浪をし続けたが、空腹と疲労のため、ようやくたどり着いたのがこの公園らしく、青草の上に両足を伸ばして、明日のない一夜を明かしたのに違いなかった。

最近はこういった犬の姿を見なくなったのでホッとしていたのだが、久しぶりに遭遇して心が痛む思いである。飼い主にいかなる事情があるにせよ、家族の一員として過ごした動物を捨てるという無情さを考えると、余りにも残酷である。この飽食時代に生物が空腹で命を終えるということは、余りにも悲しい。

私は急いで家に帰り、冷蔵庫にあった焼豚のかたまりとチーズを持って公園にひき返した。犬はかすかに目を開けた。寝たままの姿で、むさぼるごとくに食べてしまった。これだけ食べる元気があれば大丈夫と思った一瞬、大きな目を開けて私をじっと見つめた。そして再び目を閉じてしまった。

二時間ほど過ぎたころ、再び公園に行ってみたが、犬の姿はもうそこにはなかった。飼い主と我がハウスを求めて、あてのない旅に出たのであろうか。涙のにじむ思いである。

荒涼とした野面《のづら》を、すたこらと一匹の白い犬が行く。どこを目ざして行くのか、ただひたすらに歩み続けるのだ。行けども行けども目的地は見つからない。ひたすら、あの家族の元へ帰りたい。自分をこよなく愛してくれた、飼い主のところへ帰りたい。日当たりの良い庭にあった、小さな自分のハウスへ帰りたい。こんな思いが全身を包んで、ただ一心に飼い主を求めての果てしない旅路である。

かつて、私はそんな犬の瞳を何度も見たことがある。思いつめた深く悲しみに沈んだ瞳を見るたびに、私自身それ以上に悲しくなる。しっかりとした足どりも、やがてはよたよたと千鳥足になり、命が尽きてしまう。最近では犬を捨てるかわりに、保健所で安楽死させるのが常識のようであるが、家族同様にいつくしんだ動物を、簡単に処理してしまっていいのであろうか。

動物といえども、命は人間と同様に、貴いものである。

犬猫は、自分の力では生きてゆくことはできない。飼った以上は、家族の一員として命尽きるまで面倒を見るのが、人間としての責務である。

人間の世界でも、家族から見捨てられた老人達も多いと聞いている。荒涼とした草原をただ一人歩み続ける老人達も、この捨て犬の心境に等しい。寂寥とした孤独と悲しみにうちのめされた瞳は暗く、一片の安らぎすら見つけることができない。

今まで、ひたすら信じてきたものを失うということは死に等しい。しかし、人間である以上、知恵をしぼって、荒涼とした野面に花を咲かせて欲しい。

九、いじめ

現在、少年達の間にいじめが多発しているが、私の少女時代にもこれに似たようなことがあった。現在のいじめのように悪質ではなかった。いじめというより、いたずらといった方が適当だと思う。

女学校入試のため、放課後の特別授業が終わると、下校時間は午後の四時ごろになった。片田舎のこととて、特別授業は四人だけであった。それぞれが違った方向に下校していた。私一人で下校の途中、小高い山道にさしかかると、山の上から小石や砂が落ちてきたり、三、四人の男子生徒が見えかくれにやじをとばす。私は、ひたすら見ぬふり聞こえぬふりをして、小走りに家路を急いだ。

身の危険は感じなかったが、嫌悪感はかくせなかった。毎日のごとくくり返された。帰宅をしても、私にはこのことを話す人はいなかった。父母はなく、祖父母に養育されていた私は一人で我慢をしていたが、余り幾日も続くので、持ち前の勝気がものをいって怒り頂点に達し、決心をして職員室の前に立っていた。勇気をふるって職員室に入ると、校長先生の前に立っている自分に気がついた。何からどう話をすればいいのか言葉として出てこなかったが、ありのままを校長に話した。黙って私の話を聞いていた校長は、「よく分かりました」と、眼鏡ごしに私の顔をじっと見すえた。私は顔が真っ赤にほてるのを覚えた。真実を校長に話してしまって、あわい後悔のような気持ちになっていた。

翌日、朝礼の時に、全校生徒の前で、私の話した事情を名前を伏せて説明をした。校長の言葉は厳しく、生徒は一同襟を正した。それ以来、ぴたりと、いたずらをする生徒はいなくなった。矢張り校長先生は立派だと、尊敬の念を心にきざんだことを今更のごとくに思い出している。七十年も昔の古い話であり、社会情勢も教育方法も異なる現代と比較することができないが、火事が大きくならないうちに消し止めることがいかに大切であるかということを痛感させられる。校長が一生徒の話を真実と受け止め、早速取り上げ、ぼやのうちに消火をした。

現在のいじめも、もっと早い時期に、子供達が何を訴えているかということを察知して対処していれば、こんな形でエスカレートをせずにすんだかも知れない。将来に向かって大きく羽ばたくためにも、少年期の生活は一日たりとも無駄にはできない貴重な時間である。いじめに時間を費やすことの愚かさを、自分自身で一日も早く気づくことである。

少年達は社会に不信を抱き、師や父母に対して反抗心を抱き、自らの生きる目標を失いかけている。どうすればよいのか、迷える小羊のようでもある。

子供達は生まれながらの純粋な精神で受け止めてゆくには、今の現実は余りにも厳しい。どろどろとした人間の世界が、メディアによって余すことなく目や耳から飛び込んでくる。それを受け止めるだけの成熟した知性がない。国の政治も大きくゆらぎ、たとえ一部の人であっても、それぞれのポストにいるエリート達の物欲におぼれた生活ぶりや、テレビドラマで放映されるセックスや殺人の多いサスペンスドラマなどの場面が、日常茶飯のごとく放映されている現在、子供達がそれをどう受け止めているのか、大人達は考えたことがあるのだろうか。

非行というものは、思いつきでできるものではない。幼少のころからの家庭での育て方が、最大の原因になる。環境の悪いところで育った子でも、親の教育の如何《いかん》によっては、立派に育て上げることができるものである。

現在の迷える小羊を作り上げた責任は、専《もっぱ》ら家庭にあると言って間違いない。幼少のころから培われた性格というものは、自分で直してゆく意志がない限り、終生変えることができないような気がする。人から言われた自分の欠点は、極力自身で変える努力をしないと、年と共に老いてますます嫌な人間になってしまうのではないか。私は、少年の澄んだあの美しい瞳が大好きである。いじめをする時のすさんだまなざしも、その奥深くに澄んだ瞳が必ずかくされている。

少年よ、勇気を出して、高らかに羽ばたいて欲しい。

十、好きなように生きる

八十の坂道を登れる限り登りつめなければという気負った気持ちが、いつとはなしに消失してきている自分に気づいてきたことである。今までは、家族との往来が少なくて、孤独を感じていたこともあったが、最近では必要以上の人間関係が煩わしく感じられてきたのも事実である。「ひとりごと」を書いているから自分の殻に籠《こも》ってしまった故もあるが、一人きりの時間が欲しくなったのも事実である。「孤独は自由の代償なり」とは誰かが言った言葉であるが、その通りである。

八十路《やそじ》の坂道を、無理をして登ることは決して必要ない。平坦で穏やかな道の方がいいではないか。人生の終焉《しゅうえん》に来てまで、無理をして坂道を駆け登ることは決してない。

自分の気持ち次第で、平坦な薔薇《ばら》色の道が必ず開ける。薔薇色とは、精神的なものである。様々な人間の精神に去来する感情が、老いと共に消滅してゆくものである。その代わり、善悪に対する厳しい感覚が芽生えてくるのも事実である。
年をとるとボケてくるとよく言われるが、ある一面では、むしろ頭が冴《さ》えてくるような気がする。それに反比例して、体力が日々衰えてゆくのが恐ろしくさえ感じる。

六十歳からが第二の人生であるとすれば、八十歳からは第三の人生というのであろうか。考えてみれば、人間は誰でも子のため、または家族のために働き、生甲斐《いきがい》という報酬を得て、幸福感を味わって生きている。八十歳を超えると、もう人のためには生きたくない。生きたくないというよりは、それだけの体力がないというのが適当であるかも知れない。自分のために生きたいと思う。人間としての責任を果たし、心の底から本当にほっとするのは、六十代や七十代ではなかったような気がする。

社会生活のルールに反しない限り、自分の好きなようにして生きたい。こんな風に考えるのは老人の奢《おご》りであろうか。人間として解放されてもいい年齢だと思う。

これから死に至るまでの日々を、充実して送りたいと思う。好きなように生きるといっても、体力に限界があり、あれもこれもやってみたいとは思わない。過去にありし思い出の絵巻を手繰りながら、心ゆくばかり瞑想《めいそう》に耽《ふけ》りたい。

そうは思っても、庭木に寒肥を与えたり、剪定《せんてい》をするのも、私にとっては欠かせない仕事の一つである。

バブル崩壊後、株価が低迷しているが、いつの日か、将来景気が回復すれば株の妙味が出てくるのを待って、少しでも投資をしてみたいと思っている。お金もないくせにと自嘲《じちょう》しながらも、これも老けないための一つの方法であると思っている。

毎朝、床の中で十五分間の体操を十五年余も続けている。肩こりや、腰痛がないのは嬉しい。変形性関節症で足を使いすぎると膝が痛むので、整形外科へリハビリのため一週間に二度は通院している。老人医療は本当に有り難いことだと思っている。年をとると共に、各自が病気をしないように食事のバランスに気を付けて、健康を維持してゆくのに専念することが、老人の何よりの義務のような気がする。

横浜市の七十歳以上の老人バス無料も本当に有り難い。見回せば感謝することが沢山あることに驚きを感じている。

老人だからといって行政に甘えるだけでなく、病床につくまではできるだけ病気をしないように、自立してゆきたいものである。

十一、株

三十年ほど以前のこと、知人から化学株の端株百株を頂いたのがきっかけとなって、株に興味を持つようになった。

その当時、息子が大学で化学を専攻していたこともあって、化学株を千株買った。余裕の金があったわけではなかったが、当時は株価も安く、安い銘柄なら千株五十万円位で買うことができた。半年後、四万円余り利益を得て売却した。これがやみつきになって、以来現在まで続いている。

新聞、テレビのニュース、それに12チャンネルの「ワールドビジネスサテライト」など、日々の経済情報をいつも気にしながらの毎日である。

現在は、バブル崩壊で様々な被害を受けた人も大勢いる。私も多少の損失をこうむったが、これも仕方のないことである。いずれ長い目で見れば、ある程度の回復があるものと思っている。

株が下落したからといって、生活に支障を来すような深入りは決してしない。株に使用するお金は別個のものと考えて、決して無理をしない。内職をするよりはましというくらいに考えている。三万、五万という僅《わず》かな利益でも積もれば大きいものである。

多少でも、利益をあげようと思えば、人のすすめる株を買うよりは、自分で選んだ銘柄を買うことである。

それには、日々の経済の動向や、政治のあり方などを勉強する必要に迫られる。株というものは、生きものである。日々変化が激しい。

余り理屈で考えすぎると、失敗をする場合がある。右脳を使って、直感力をもっと大切にすべきである。私は過去、この直感力で買った株で利益をあげていた。直感力を養うには、長い間手がけた銘柄の内容を熟知する必要がある。

新しい銘柄をいくつも追い求めるよりは、自分のよく知った銘柄で利益をあげている。八十歳になってもなお、未だ株に興味を持っているということは、ボケ防止にもなり、毎日が楽しい。

「株の話をする時の、おばさんの目が輝いている」

などと、姪《めい》が年寄りをからかう。

バブル崩壊で株価が低迷し、ようやく景気の回復が本格化してきた矢先、円高の進行で回復が遅れ、株価も一万六千円を割り込んでしまった。平成八年一月には、やっと百七円まで円安になった。株価もようやく二万円にもどしている。

企業のリストラや規制緩和、また金利を下げ続けたという大きな犠牲によっての景気回復であることを忘れてはならない。

これからは、誰でも少額のお金で株が買えるようになった。今までは、千株単位であったが、これからは十株でも買えるようになった。当分は預金金利が安いから、余裕のある人はリスクのあることを承知で株式に投資をするのも面白い。決して、深入りはしないことである。しかし、今「平成八年八月現在」は、まだ景気も株価も霧の中、もう少し様子を見た方がいいのかも知れない。

十二、リストラ

バブル崩壊で、世の中は不況のどん底である。リストラで失業者がでた。その中で阪神大震災が起きた。天災というものは、いつ起きるか分からないから恐ろしい。私は戦争を思い出した。空襲警報のたびに、庭に掘った小さな防空壕《ぼうくうごう》に、三歳になる息子を連れて親子三人で身をひそめた時のことを。今から思えば、吹けば飛ぶような手作りの小さな穴の中に、大切な命を託した恐ろしさが、今更のごとくに思い出される。

五十年余りの以前に、三月十日、浅草周辺が一夜にして焼け野原と化した。私の住んでいた麻布の住居も、疎開後一カ月で消滅した。疎開をする時には、浜松町の駅まで主人に送ってもらい、子供を連れて伊賀の方へ疎開した。電車は勿論《もちろん》なく、浜松町駅まで歩いた。焼夷弾《しょういだん》にて焼け果てた家並みや芝公園の樹木が、無残に裂けて黒焦げになりくすぶる中を、くぐり抜けるようにして歩いた。

衣類は、一部、疎開先に送ってあったが、私は子供を背負い、タライを持っていた。今考えると、なぜタライだったのか理解に苦しむのだが、多分洗濯をするのに容器がないと困ると、痛切に考えたのであろうか。

名古屋行きの汽車に乗ったが、意外に車内は空いていた。だが小ダンスを背負ったり、種々雑多な荷物を持った人達で車内はいっぱいで、通路はふさがれていた。皆、うつろな目をして、愚痴など言う人はいなかった。

国民は皆空腹であった。自分の国がこれから先どうなっていくのか分からない時に、個人の不平不満など持てる余裕すらあろうはずはなく、一日何合かの配給以外は何もなく、私は庭の固い土を掘って、フダン草の種を蒔《ま》いた。毎日一葉ずつ、つんでは味噌汁を作った。

昼食は外食券食堂で雑炊を食べた。食堂の前の長蛇の列に加わって、ようやく自分の番がくるころには、いい加減にくたびれてしまう。途中で売り切れることもあって、がっくりとうなだれる人もあった。

どんぶり八分目に盛られた雑炊には、だしの代わりに入れられた魚の骨のかたまりが沢山入っていた。野菜が、あまり入っていた記憶がない。とろりとした感触があったが、米粒が少なかった。だが、味は美味であった。骨には、カルシウムがあると思って、有り難いと思って食べた。今日命があっても、明日の命には何の保証もないような状態で、追いつめられてゆくような毎日であった。

夜中の二時ごろになると、決まって空襲警報が鳴り、焼夷弾が花火のごとく美しく、風船のように無数に落ちてくる。芝浦あたりに落下する。爆弾が、スー、ドスンと落ちるたびに、五臓六腑《ごぞうろっぷ》にしみ渡る。つき上げるような恐怖と激痛が、全身を走るのを覚えた。

話は横道にそれてしまったが、震災にあわれた阪神の方々の心境を思い、私達が味わった戦時中のことを思い出したからである。震災にあわれた方々も、希望を持って復興に頑張って欲しい。いかなる事態が起きても、結局は自分自身の手で立ち上がるより仕方がないような気がする。長い人生の間には、一度や二度は遭遇する大きな試練であり、地震というものは、起こるべくして起きた運命的なものである。戦争の時でさえ、家財道具・資産をなくしても何の補償もなく、戦後のすさまじいインフレにて生活の困難が続いたが、国民は、皆、逞しく生きぬいた。そして戦後五十年、日本は驚くべき経済発展をなし得た。団塊の世代や、六十、七十代の人達の努力の賜物《たまもの》である。

関東大震災の二倍にも及ぶ、経済の大破壊を起こしたバブル崩壊である。戦後、サラリーマンが中産階級を意識するほど、世の中は豊かになった。「奢るもの、久しからず」とは、よく言ったものである。

膨大な紙幣は、いったいどこへ消えてしまったのか、我々には分からない。

会社が生き残るためには、リストラより道がない。戦後、血みどろになって働き、繁栄をもたらした中高年の人達は、その犠牲になった。突然の配置転換や解雇など、寝耳に水のごとく、一生をかけた仕事を一瞬にして失ってしまった。泣くことさえできぬ悲しい出来事であった。将来は、今までのような終身雇用がなくなり、能力のない人はいつまでもうだつが上がらないようなことになる。

また、物や人に対する価値観が違ってくるのではないか。生きている限り、予期しないことがいつ起こるか分からない世の中である。いざという時の心がまえが、平時より大切であると痛感する。

十三、戦争は単なる〝悪夢〟ではない

浅草が一夜にして焼失し廃墟《はいきょ》と化してしまったあの戦争から、早くも五十年余りの歳月が流れた。主人があの日、浅草の知人の家へ牛肉を買いに行った。勿論これは正規のルートではなく、友人からのお裾《すそ》分《わ》けということであったが、ところが知人の家はおろか、見渡す限りの廃墟となっていた。其処彼処に黒こげの人間が、足の踏み場もないほど折り重なって死体の山が築かれ、未だ、ぶすぶすとくすぶって

異様な匂いが漂っていて、見るも凄惨《せいさん》な有様だったという。まるで花火のように紅く美しい光を放ちながら、火の粉のごとく舞い落ちてくる焼夷弾には手の施しようがなかったのも当然である。毎晩のごとく空襲があり、生きた心地がしなかった。

私達は、食糧のルートがなく、狸穴《まみあな》の自宅から川越の方まで買い出しに出かけた。お米は統制違反で買えなかったが、農家で白米の大きなおにぎりを御馳走になったことは、未だに忘れることができない。鶏一羽や、サツマイモなど十五キロほどの品々を、リュックに入れ背負って帰宅の途中、駅の改札口などで警官に調べられ、お米を持っている人は全部没収された。

今から考えれば、あのような体力が自分のどこにあったのか驚くばかりである。家族が生きなければという精神力だけで体を支えていたような気がする。

その後、郷里に疎開をしたが矢張り食糧を求めるのに苦労した。そのうちお金では買えなくなり、絹の着物一枚でお米が二キロであった。

一枚、一枚と大切な衣類が姿を消していった。

疎開先の近所の農民達は、白米の食事をしているようであったが、町に住む住民は配給米だけの生活であった。この時ほど、農家の人々をうらやましく思ったことがない。心のどこかにひそむ、にがにがしき思い出でもある。農家に親戚のある人達がうらやましかった。

敗戦間近のころは、お米の代わりにサツマイモが多くなった。メリケン粉の中にサツマイモを入れ、パンにして食した。農家に買いに行っても、野菜すら買えなかった。サツマイモの葉の茎を買って帰ったこともあった。

ハコベやセリを、田んぼの土手で摘んで食料にした。畑には玉葱の青い葉が風になびいていたが、一株でもいいから売って欲しいと思った。だが、黙って抜き取るような破廉恥な行いはしなかったのも、今考えると不思議にさえ思われる。

ある日、道を歩いていると、突然に低空で現れた米軍機の機銃掃射にあった。幸い両側に人家があったので、家の中に飛び込んで命を救われた。その時、米兵の眼鏡をかけた顔がはっきりと見えた。

あの恐ろしい戦争は決して単なる〝悪夢〟ではない。現実である。国民の生きる指針を狂わせてしまった取り返しのつかない大きな出来事であった。半世紀という歳月を経た現在でも、戦争の恐怖が、今なお、心の中に現実のものとして、ずっしりと鉛のごとく重く残っている。二度とくり返してはならない。人生にとって、戦争はすべてを無にする恐ろしい凶器である。

十四、街路樹

バス停は団地の中にあって、家から歩いて十分位のところにある。バス停の両側百メートル余り、ブナやケヤキの街路樹が大きく背を伸ばし、晩秋のころには紅葉が美しい。黄色、紅色をした葉が、花のごとく頭上に覆いかぶさるようにゆらいでいる。初冬のころには、道路一面が紅色の絨毯《じゅうたん》になる。

テレビの「ドイツ音楽紀行」でよく見る景色であるが、どこまでも続いているように見える緑色の並木道や、黄、紅色に落葉した絨毯のような見事な道、それを覆うように力強い樹々の枝の交錯、紅葉の上をそぞろ歩きする黒色と赤色の衣類をまとった二人の男女の姿、このコントラスト、筆舌に尽くしがたし。

美の世界を目前に見るということは、心の底まで洗浄されるような気がする。

だが、私が今歩いている道は、ドイツのその道にはほど遠いが、自分自身で歩いているという足の感触がある。一足一足、踏みしめて歩いている。落ちてなお色を止める一葉一葉に、愛情を感じると共に一抹の寂しささえ感じる。労《いたわ》るごとく足を運んでも、カサカサと葉ずれの音が悲しい。靴の底を通して爪先から胸の奥深くまでしみ込んでくる。植物に対してのいとおしいまでの情愛である。

落葉し、寒気に耐え、新芽を出すまでの厳しい期間を守るために、落葉は大切な役目を果たすのである。落葉で木の根元を温め、やがては肥料となって大木に育て上げる。このくり返しによって植物が育《はぐく》まれてゆく。だが、落葉が美しく地上を彩ると、掃除夫が綺麗に掃いてしまうのは何とも残念である。

五月には萌黄《もえぎ》色の新芽を出して、爽《さわ》やかな風と共に、人の心にも生きるという意欲を伝えてくれる。

新緑のころになると、老体にも溢《あふ》れるような気力が出てくる。爽やかな緑の並木道を背を伸ばして歩いていると、ピイピイとヒヨドリのかん高い声がした。最近、このヒヨドリがふえたような気がする。

五月の太陽の光線が、木の葉をぬってさんさんと地上を照らしている。

私は、毎日一度は、必ずこの道を散歩することにしている。大きく深呼吸をしては、生きる喜びを感じている。

十五、早春

田舎道を行く。霜柱が、サクサクと音を立ててくずれる。ガラスのように破れてくずれる。この音が好きである。それに早春という言葉も好きである。春とは名のみにて、厳しい冷たさに覆い包まれて、静かに耐えしのんでいる植物の凛《りん》とした姿、自然の法則にさからうことなく静かに時節の来るのを待ちわびている健気さは、人の心にも厳しさを教えてくれる。木々の芽もまだまだ固いが、かすかな息吹のようなものを感じる。

未だ朝もやが漂う四方の山々、白く霜に覆われた民家の屋根、黄色く枯れ果てし草むらの上にも、化粧をしたごとくあたり一面が白い。針の先で肌をつきさすような冷たさが、肉を裂き骨までもしみこんでくる。この厳しさ、この感触がこよなく好きである。

神秘的な田園の佇まいに身をゆだね、しばし、呆然《ぼうぜん》と我を忘れる。小高い山々に囲まれた里に、太陽の光線がさし始めるのは遅い。やがて輝くばかりの光をちりばめて、一面を暖かいベールで包んでしまう。

骨のずいまでしみ込んだ冷たさも、いつしか忘れてしまう。

土手のスミレやフキノトウの、やがて訪れる春をじっと待ちわびている姿もいじらしい。霜枯れた土手に固い蕾を残して、ボケがたった一輪紅い花を咲かせていた。あのころの早春の風景は瞼の裏にやきついて離れない。長い人生の中のほんの一つの大切な私の絵巻でもある。

矢張り、この年齢になっても私は早春が好きである。庭にある白梅が一輪一輪と咲き始める今日このごろ、庭に下りて花びらに頬《ほお》をよせる。馥郁《ふくいく》とした香りが頬をかすめる。矢張り、早春にふさわしい気品あふれた清楚《せいそ》な花である。

我が家の庭には霜柱もなく、煙のごときもやとてもなく、古里の風景にはほど遠いが、梅の木の根元に植えてある春蘭の青い芽がふくらんでいる。また、山で採ってきた小さなエビネの芽が顔をのぞかせている。今年は去年の倍の四芽ほど、土の間からほほえんでいるように見える。自然の営みというものは、なんと素晴らしいことであろう。人間の知らぬ間に自ら生命の芽をのぞかせて、見る人に生きる喜びと希望を与えてくれる。だがら、早春はこよなく好きである。

早春の　野づらに紅き　ぼけ一輪

十六、少年受刑者が作った木彫りのハト

先日、スーパーに行って、真っ先に目に入ったのは、木彫りの愛くるしい一羽のハトだった。店員に聞いてみると、少年刑務所の受刑者が作ったものだという。このハトを買うことにした。

少年刑務所の中で、少年はどんな気持ちで、これを作ったのであろうか……。ふ

とそんなことを考えながら、よく見ると、ふっくらとした胸そして肉付きのいい顔、まんまるい赤いガラス玉の目が幸福そうに輝いていた。少年は恐らく現在の自分の気持ちをハトに表現し、将来はこのハトのように平和な生活を送りたい、と心の底から願って彫ったのに違いない……。私にはそのように思えてならなかった。

家に帰り、小ダンスの上の青い花瓶の横に置いた。老人の一人住まいの家に、可愛い一羽のハトが幸福を運んでくれたような気がした。毎日眺めては頭をなで、少年の将来の幸福を心から祈っている。

十七、思い出をたぐる

百メートル四方もあるだろうか、黄と赤のコントラスト、目も覚めるような春の世界、レンゲ草と菜の花畑である。瞳を通して、心の底までも飛び込んでくる。うららの春、心までも燃える春、陽炎《かげろう》がゆらゆらとあやしく燃える。道路から青草の生えた土手を下りると、田んぼの畔道《あぜみち》にたどり着く。そこはもう紅い絨毯である。甘い清純な香りが、体全体を包み込んでしまう。甘い花の蜜に酔いしれて、心ゆくまで深呼吸をする。くずれるごとくに、レンゲ草の上に腹ばいになる。柔らかなひんやりとした感触が、肌にしみ込んでくる。

仰向きになると、空の青さが目にしみる。果てしなく続く青空を見ていると、自分が宙に浮かんでいるような錯覚を起こすのも不思議である。

菜の花畑の上空を、ヒバリがピイチクピイチクとさえずりながら、まるでシーソーゲームでもしているかのように空に舞い上がると思えば、また菜の花畑の上の方まで下りてくる。

やがて空高く舞い上がり、美しいさえずりだけを残して、雲の上に姿を消してしまった。これも私の青春のころの思い出の一つである。

現在では、もう何十年もレンゲ畑に足を踏み入れたことがない。郷里を訪れても、今はそのレンゲ畑すら見あたらない。

可憐な赤いレンゲ草を思い出すたびに、甘い香りが体の周囲に漂っている気がする。

こんな時、ふと幸福感にひたることができる。思い出をたぐって幸福を求めることは、自分が年をとったという証拠であろうか。

老いるということは、悲しくもあり、寂しくもあり、また楽しきものでもある。

十八、山河の道

人の世はうつろい易《やす》く、八十年の人生を歩み来て、つくづくと振り返りみれば幾山河の険しき道も、ただ泡沫《うたかた》の夢の中、人は皆、子のために働き、自分のためにあらじと思いながらも、年を経るたびに、いつしか自分のために一生懸命努力するようになる。

なぜならば、自分自身のことは、死に至るまで自分で責任を持ちたいという自負のような思いがあるからである。現在は健康であっても、やがては、体の自由がきかなくなった時にどうするのかといえば全く自信がない。

昔のように、大家族で生活をしていたころには老後の不安はなかったが、戦後、道徳教育と家制度が崩壊し、家族が離散して生活をしている。核家族に相応《ふさわ》しい小住宅が建設されて、財力のない老人は皆、不安定な生活を強いられるようになった。

経済だけは異常な発展をとげ、バブルの崩壊と共に、戦後五十年のひずみが種々な形態でふき出てきた感がある。

物品や金銭だけでは、人間は決して幸福になり得ないということを、誰しもが感じ始めたのに違いない。獣や鳥類でさえも生きる法則があるごとく、人間として生きてゆくにはいかにあるべきか、基本的な法則があるはずである。戦後成長をしてきた人達には、それが欠けているように思えてならない。むしろ、それが、あたり前になっているところに問題がある。誰からも教えられなかったから、分からないというのが本当であろうか。

情操教育の必要な時期に塾通いに専念させられた。人間としての感性豊かに成長をする時期を失ってしまった感がある。これは、時代の風潮であり、母親達の必死の努力によるものでもあった。しかし、子供達にとっては、取り返しのつかない大きな災難であったのかも知れない。

小さな子供は別として、誰から教えられなくても、多くの書物を読むことによって、自分の感性を磨き、人の生きる道を知ることができたのではなかったか。失われた日々は大きく、再び取りもどすことはできないが、これからでも遅くはない。人間として、大きく生きる道を自分で探し求めて生きて欲しい。なぜならば、人間は幾歳になっても、もうこれでいいということは決してないからだ。

八十歳を過ぎると善悪の境界が、むしろ、はっきりと意識されてくるのが自分ながら不思議に思っている。年をとると活動能力が衰える替わりに判断力が冴えてくると、誰か書いていたが本当にその通りだと体験をしている。毛染めでかぶれたのを機会に、白髪の老婆に変身をしてしまったが、矢張り白髪になるのは、勇気のいることだと知った。しばらくは、精神的に落ち込んでしまった。

六十歳の時には七十歳まで生きることができれば十分と思っていたが、七十歳を過ぎ八十歳と七カ月を生きてきた今、老いてからの日々は、「光陰矢の如《ごと》し」というがごとく、一週間が水の流れのごとしである。やがては忍びよる死というものに一種の恐怖を抱き始めたのも、八十を過ぎたころからである。だが現在、こうして健康で日々を送るということは、人間として最高の喜びである。

早春の穏やかな陽差しが、部屋いっぱいに差し込んでいる。

花一輪、一輪の梅の花が三分咲きまで花を開いた。馥郁とした香りが一面を漂う。矢張り白梅は良い。寒中の厳しい寒さの中で、蕾を一輪ずつ、用心深くほころばす姿は、乙女のごとく愛らしい。私の青春のころは、清純な乙女にたとえたものであるが、現在は、それにふさわしき乙女ありや。時代の変遷とはかくも目まぐるしいものである。年老いた身にとっては、若きころの愛惜の念が脳裏をふとかすめてゆく。人の心はうつろいやすいが、梅の花は昔も今も変わらぬ凛とした美しさで、人の心を捕らえて放さない。

梅の花に限らず、良いものは、いかに時代が変わっても、良いものとして残しておくべき努力をしなければならない。

十五年前に庭に植えた木や花の姿を観察していると、人間と同じように思える。草木といえども、懸命に生きている姿は美しい。人間とても美しい花の時代は、精一杯花を開き、結婚をすれば愛憎の間で生きながら子を養育して、家庭というものを根の生えたゆるぎなきものに成長させてゆく。

だいたい十年目ごとに、節目がある。節目というよりも自分の生き方に対して、区切りというものを持ち、過去十年を振り返り、反省をして、また新鮮な気持ちでこれから先の十年を頑張ろうという気骨を持つことである。一生を平穏に過ごせた人は少ない。長い人生には必ず浮沈がある。予期しない悲劇が起こることもある。そんな時、いかに苦難を乗り越えることができるか。家族が団結をして克服するのは当然のことであるが、奈落の底へがらがらとくずれ落ちていくような、悲しみよりも恐怖が全身を走る事態もある。こんな時は、決して狼狽することなく、落ち着いて自分の足元を静かに見つめて欲しい。

必ずいい知恵が浮かんでくる。発想を変えて、過去の生き方を転換することによって、自ら道が開けてくるものである。

見栄を捨て、自分の器に応じた生き方をすれば、意外に気楽に生き返ることができるものである。いかなる時でも、誇りだけは頭の一隅に持ちたいもの、その折々に努力をかたむけ悔いのない生活をすることによって、自ら道が開けてくる。その喜び筆舌に尽くしがたし。人生の喜びとは、こんなところにもあるのではないか。私は世の中のために生きることができなくて残念に思っているが、家族のために一生を捧げてきたような気がする。小さなことかも知れないが、各々が身近なところで十分にベストを尽くし生きるということは、社会全体がうまくいくということにつながるのではないか。

自分の足元をおろそかにしておいて、外に目を向けるということは、決して良策とはいえない。

六十五歳といえばいつしか女性としての美の時代を終え、老年期としての人生を歩み始めたころである。息つく間もなく人生を歩み来て、初めて我に返り、自分というものを取りもどした。なだらかな丘の中腹に小さな建売住宅を買った。遥か遠くに浮かぶように見える山並みは乳色にかすみ、あるいは真紅の夕映えが富士の姿を映し出して絵のごとく美しい。静かな佇まいが、この上もなく好きであった。狭い庭に、ミカン、ブドウ、ツツジも植えた。知らず識らずの間に、古里の庭を思い出して再現しているような気がした。

長い人生には、一度や二度は必ずある神の救いである。「窮すれば通ず」という言葉があるが、どうにもならなくなった時、思わず道が開けるものである。我ながら不思議に思うことがある。そんな時、神の助けと直感する。人間は苦しい時には信仰を持つ。

「天は自ら助くる者を助く」という。

平常より神に恥じない生活をすることによって、神、自らの意志によって助けられるものである、ということを信じて生きてきた。悔いのない生活をして努力をするということは、言うが易く、実際にはなかなかむつかしい。何度も失敗をし、振り返りみて己を恥じ、または罪悪感を抱き、あるいは苦笑をしたり、同じ失敗は二度とくり返さないことを心に念じながらの積み重ねによって、悔いのない生活ができるようになる。大それたことを言うつもりは更々ないが、自分なりに努力をして生きてきたという安堵《あんど》感と充実感が、陽炎のような暖かさで全身を包む。これは、本当に満ち足りた歓喜であった。その感情の底には、衣食足りて老後の生活に安定感があるということかも知れない。

多少血圧が高いが、身体の方は健康で過ごさせて頂いている。長生きをしたという喜びと、病気をした時の不安のはざまで、毎日を大切に生きている。去りし日は、ただ、泡沫の夢のごとしなどと呑気《のんき》なことを考えながらも、何か書き残したきことが多々あって、思うがままに認《したた》めたい気持ちにかられている。

さてとペンを執るのだが、何を書いたらいいのか頭の中が空白になってしまう。歩んで来た山河の道のりも、今にして思えば、ほのぼのとした想い出しか浮かばない。

自分が人一倍、苦労をしたなどと、思い上がっていたのではないだろうか。それとも、すべて忘却してしまったのか。こんな思いが、ふつふつと私の胸中を去来する。

だが人生八十年を生きてみて、短いようでも矢張り八十年は長い。我が生命、いつまで続くのか大切にして生きたい。国を信じ家族を信じてと思うそばから、矢張り自分のことは自分しかないと心が揺れる。

十九、つる薔薇

薔薇の咲く季節には、必ずといっていいほど雨が降る。梅雨期に入るからであろうか。

折角《せっかく》丹精こめて作った庭のつる薔薇も沢山花芽がついて、今年こそはと楽しみにしていると必ず雨に降られ、あたら花の命をちぢめてしまう。仕方なく一部を切り花にして、テーブルの上にある白い瓶《びん》に入れて楽しんでいる。雨を避け、花瓶にさした途端に、薔薇の面にほっとした安らぎの気配を感じた。純白のレースの上に、ポトリと涙のようなひとしずくを落とした。それは、喜びの涙であろうか。
来る日も来る日も雨が降る。ピンク色をした花びらが、風にたたかれ、雨に打たれて哀れである。つる薔薇が咲き初むるころには、祈るような気持ちで毎日を過ごしているが、今年もまた雨が降っている。

雨にぬれた薔薇
君は何を考える
はじらいひめたその面は
ピンクの色にぬれている
涙をたたえた
　花びらに
そのひと片《ひら》に
悲しい恋を見た

梅雨空よ
明日は晴れるか
早く見たい
薔薇の微笑を

二十、少年の言葉

家族の一員である大切な老人に対して、すべてを無視するという、主婦の家庭内暴力が流行しているそうであるが、これらは少年少女達のいじめの問題に等しい。先日、新聞の投書欄に十三歳の少年の言葉があった。家族である老人への虐待に対して、痛切に心を痛めている。主婦にとってはうさんくさい老人でしかないが、少年にとっては血肉をわけた大切な祖父母である。

「動作のにぶい年寄りであっても、一日でも長生きができるように大切にしたい」ということが書いてあった。この温かい少年の言葉を無視しないで欲しい。この少年に限らず、少年少女には生まれながらにして、温かい情愛が心の中に自然と育まれているのが普通であるが、この肉親に対する純粋な愛情を育んでゆくのも、両親の温かい指導の如何によるものである。「父母に孝に、夫婦相和し」という言葉があるが、現在では死語になってしまった。この古き言葉を実行すれば、和やかな、がっちりとスクラムを組んだ家族が生まれるに違いない。

現在の世の中は、自分の子供のことは学校まかせ、年老いた自分の親も国まかせ、そのうちに、自分の身体の健康もすべて病院まかせということになってしまって、人間としての本質までも失われてゆくのではないか。自分の健康は、いかにすれば保てるのか、また、家族というものは、いかに生きてゆくべきかといったことを、自分自身で知恵をしぼって考えるべきである。

人間は感情の動物であるということを決して忘れてはならない。年老いて、死を目前にして何が一番幸福かといえば、温かい家族とのふれ合いしかない。

完全看護だけでは決して済まない。死の床で、自分の幸福を意識し満足して世を去ることのできるのは、矢張り、肉親に見守られて逝くことにしかない。世を去り逝く者の、ささやかな唯一の願いでもある。この時のためにも、家族の絆《きずな》というものは一番大切である。

少年の心の底からほとばしり出た純粋な感情を、大人はもっともっと大切にしたいものである。

二十一、猛暑

三十二度を超える猛暑が、幾日も続いている。エアコンという便利なものもあるが、何となく敬遠している。年寄りには矢張り自然の風がいい。

太陽の光線を避けるために十五年も前に作ったブドウ棚が、涼風を部屋に運んでくれる。今年は甘味が強く、ぼつぼつ赤い実が、ビー玉のごとく輝いてきた。立秋を過ぎても気温が下がらない。もう、いい加減に涼しくなって欲しいと切実に思う。矢張り老いの身には、猛暑は厳しい。

立秋を三日ほど過ぎた夜のことである。ミカンの木の根元で、コオロギの声がした。おや！ もう秋、つたないコオロギの声が二声、三声、かすれたような声がした。今夜は、鳴き初《ぞ》めであろうか。暦の上では、秋はそこまでやって来ているのだ。その思いだけで、うなじを通して、背に流れるそよ風に秋の気配を感じる。カンタンの声もこれからであろうか、涼しげな鳴き声を楽しみにしている。

餌台《えさだい》にくる雀《すずめ》も、ここのところ食欲がない。嘴《くちばし》を半分開けている。これは、体温を調節しているのだという。こんな暑い時は、窓から入る微風に身をまかせ、ただひたすら心静かに名曲でも聴くより外はない。

三日ほど過ぎて、ミカンの木でカンタンが鳴いた。さびれたようなかすかな声で、

二、三匹の鳴き初めである。四、五日すると、樹木全体に鳴き声が広がっていった。カンタンの命を守るため、ミカンの消毒はおあずけとなった。

今年は、暑さの故で樹々の害虫も少ない。

戸外に出ると、汗が全身から吹き出すように流れ出す。塩辛い物を好む人間にとっては、全身を洗われるような、心地好い発汗作用である。普通より高い血圧の私は、夏期の血圧は順調である。シャワーを浴びたり、一日に何回も水で体を拭《ふ》くと気持ちがよい。何もしないよりは、こうすることによって何とか猛暑をきり抜けている。早く涼しくなって欲しい。秋の訪れが待ち遠しい。

せみしぐれ　今日もうだる　暑さかな

二十二、家庭の幸福とは

幸福とは、自分が幸福になりたいと日常努力することによって、必ずなれるものである。ごく普通の生活をしていて、喜怒哀楽のうちに時として忽然《こつぜん》と幸福感が湧いてくることがある。そして一瞬のうちに消え去ることもあれば、長時間幸福感にひたることもある。各々の心の持ち方によって違ってくる。

健康で仲睦まじい家族であって、生活のできる収入があれば、誰しも幸福になることができる。大抵の人達は、平凡な生活の中でこれが人生の幸福だということを感じないで生活をしている人が多い。喜怒哀楽があって平凡な生活、これが一番の幸福と言えるのではないだろうか。

だが、この平凡な生活を送ることがなかなかむつかしいものである。平凡な生活に慣れてしまうと、何か生活に刺激が欲しいと、不相応な欲望が湧いてくる。そうして、堅実な家庭に、少しずつ目に見えない亀裂《きれつ》が生じてくる。一時的には、経済的にも生活にも潤いができてくるかも知れないが、長い目で見ればどこかにひずみが生じてくるものである。

例をあげてみると、家庭の主婦が家の外で働くということは、夫や子供にとってはマイナスである。まして当人にとっても、決してプラスにはならない。子供の年齢にもよるが、母親が家にいないということは、精神面で子供の成長に大きな障害を来すからである。

その子が成人し、社会人になってからマイナス面が出てくる。家を留守にしても、子の面倒を見てくれるというよりも話相手になってくれる祖父母や叔父叔母という人が、家族に同居していればまだ救いがあるが、現在では到底無理な話である。男女同等で女性の社会進出があたり前になった世の中であるが、完全な家庭生活と完全な職場生活というものは、決して両立しないものである。働くなら、せめて子供が中学を卒業してからにすればいいと思うがいかがなものか。

時代に逆行した老人の言葉、と冷笑されるのを承知で書いている。だが、人間が生きてみて、八十年という歳月は、貴重なものである。

大正、昭和、平成とその折々の国の政策に翻弄《ほんろう》されながら、間違いや失敗をくり返し、不平不満の波間に漂いながらも、人間としての義務と責任というものをしっかりと踏まえた上で生きてきた。

だが、よく考えてみると、夫の収入だけでは住居も持てないような現実をみると、そうせざるをえないのも無理がない。夫が病気をしているとか、共稼ぎでないと生活がなりたたないような場合もある。これは日本の物価高が原因になっている。主婦が安心して主婦業に専念するには、現実はあまりにも厳しすぎるのも事実である。主婦ばかりをせめて申し訳ないような気もする。

が、個人の生き方は、それぞれが異なるのが当然であって自由である。誰にも迷惑がかからなければ、自分の好きな生き方をすればよい。

しかし、家族に迷惑をかけてはよくない。女性は家庭で夫を助け、子供を養育するということは、社会で働く男性よりも遥かに価値ある仕事だと思うのだが、女性はそれに気づいていない。国の政治を行う男性を作るのも、家庭内の秩序を守ってゆかなければならない女性を作るのも、すべて家庭が基盤である。現在の家庭の主婦がいかに子供達を養育してゆくかは、家庭の主婦の双肩にかかっているといってもいい。それほど家庭というものは大切なものである。決しておろそかにすべきではない。

話が大きくそれてしまったが、日々の家族の生活のあり方が積み重なって、年を経るごとに、幸福になったり不幸になったりもする。手塩にかけて育てたつもりの子供が成長の暁に、自分から遥かな存在になってしまったり、また相愛の夫婦の間に取り返しのつかない亀裂を作ってしまったりもする。

このような状態が続けば、家族の幸福はあり得ない。若いうちは深刻に考えないが、老境に入り、初めて自分の前途に思いを馳《は》せ、にわかに後悔してみてももう遅い。

老いを重ねるたびに痛切に考えることは、家族の生活のいかに大切であるかということである。

親の老後は、国の行政に依存しなければならないという。それがあたり前のような、冷たい感覚でいられる神経が普通ではない。幼年期からの成長の過程で、自ら作られていくものであるような気がする。これを思う時、親の責任は重大である。地位や資産があって、生活がいかに豊かであろうとも、人間は決して幸福ではない。本当の幸福とは、しっかりと結ばれた家族の団欒《だんらん》の中にあると思う。

二十三、癌の告知

定期的な尿の検査で、最初潜血〇・五、二カ月を経てプラス一、それから半年目にプラス三と潜血が増してきたため、主治医が「一寸心配だから腹部のエコーの検査をしてみましょう」ということで、日を改めて検査をしてもらった。潜血のあった腎臓《じんぞう》には異常がなかったが、肝臓がおかしいと言われた。肝臓の部分を何度も調べていたので、自分でもおかしいと一寸疑問を抱いていた矢先のことにて驚いた。診察室でエコーの写真を目前にして愕然《がくぜん》とした。小さな白い点々が沢山あって、さらに私は驚いた。

「これは一寸、珍しいケースですから、何とも言えませんが」

と、先生は心配そうな顔をした。

「先生、これは癌《がん》とは違いますの」

「それは、よく検査してみないと何とも言えませんが」

「こんなに白いものが沢山あるのは、手遅れと違いますの」

「この写真で見る限りでは、末期癌の症状ですね」

「じゃあ、お手あげですね」

「三日後にCT検査をやりましょう」

エコーの写真を目の前にして、先生と私はこんな会話を交わしていた。

私は愕然としながらも、人ごとのごとく意外に落ち着いていた。医師から癌の告知を受けたというよりも、写真を見ながら自分にも自然に分かってしまったような状態であった。

その後、血液検査をして帰宅をした。

家に帰り、着替えを終え、手を洗っていると、忽然と癌に対する恐怖が全身を覆いつくしてきた。何をするにも空虚で焦点が定まらない。健康体を信じて生きてきただけに、反動が大きい。早速、妹に電話をして話をした。自分一人では、とても耐えられない気持ちであった。妹に話をしたことで一寸気が楽になったが、後で考えると、妹に心配をかけて悪いことをしたと後悔をした。

八十歳まで生きたのだからいつ死んでも仕方がないと覚悟はしたものの、それ以来食欲はなく、それでも食べなくてはと思いながら食事をしても、胃がそっぽをむいて消化をしない。

三日後、CT検査の結果はっきりしたことが分からないが、血液の検査で肝機能は正常だし、どこも異常はないと、主治医の話で私も少し心配がうすらいだ。しかし、「もう一度、最後のＭＲＩの検査をしてみましょう」との先生の言葉で、日を改めて検査を受けた。

ＭＲＩの検査は、息詰まるような狭い容器のような中にすっぽりと全身を入れて、あお向けに寝て、動かないように手足を縛られて、一時間余り全く袋の鼠《ねずみ》のようであったが、静かな音楽が流れて精神的な苦痛はなく、無事検査が終わった。検査の結果を知らされるまでの幾日間が、生きた心地もなく、体重が四キロ余り減少した。

その日は、最終的な検査の結果が出る日であった。丁度、「屠所《としょ》にひかれる羊のごとし」とでもいうか、血圧が上昇をする。胃が痛み、胸の鼓動が高鳴る。健康に自信のあった時には、全身がはずむごとく躍動していたが、癌かも知れないと思うと精神的に落ち込み、本当に病気になってしまったような状態になる。昔から「病は気から」といったものだが、その通りだと痛感する。

その検査の結果が分かるのを、一分でも診察室に入るのを延ばしたいと願いつつも、先生に名前を呼ばれ、大きく息をして観念した。ドアを開けて診察室に入ると、レントゲン写真がずらりとかけてあった。

「癌ではありませんでした」

先生の明るい言葉に、私は心の底から込み上げてくる生命の泉のようなものを感じていた。

「先生！　本当ですか、ああ、良かった」

人間、幾歳になっても、生命に対する欲望に変わりのないことを知った。

「色々と検査をして頂いて、有り難うございました」

二十日間余りの死と直面した苦悩が、一瞬にして飛び散ってしまった。生命を救われた喜びが、心底より今更のごとくに蘇ってくる。私は、今まで癌の告知をされた方が良いと考えていたが、自分が今体験をしてみると、矢張り癌の告知はしない方がいいと痛切に感じた。癌ということを知らないまま苦痛のないように生命を全うするのが、人間として一番幸福なのではないだろうか。

ある人から聞いた言葉であるが、教養のある人ほど告知を希望するということであるが、余命いくばくもない自分を知ることによって、身辺の整理ができるというものであろう。が、現在健康である人の、それは理想論でしかない。実際、自分が癌に冒されていないから言える言葉であると思う。

私のような状況で知ってしまった場合は、癌の告知を受けたのと同じ状態にて、いかに心身共深刻なものであるかを身を以て体験した。一旦《いったん》ショックを受けた体の状態が、正常にもどるのには時間がかかることを知らされる。八十歳を過ぎた老齢には尚更《なおさら》である。現在癌で入院している人達の中には、病気に対しての常識を持っている人でも、自分は決して癌ではないと信じている人は多いという。疑問を抱いている人でも、癌などという病気にはなりたくないと言う。強い意識がそうさせるのかも知れない。手遅れになった癌は必ず死につながるものとすれば、病床にあって、日々体力の衰えつつある現実を見つめながら、自分には死しかない。これは人間に限らず、あらゆる生物にとって、こんな残酷なことはない。生物は皆、最後に息をひきとるまで、生への希望と、強烈な執着心があるものと思われる。

初期の段階で手術で完治するような場合は告知をするのも良いかも知れないが、死につながるような場合は、告知をしないで安らかに人生の終焉を迎えさせたい。

有名人であれば、マスコミや周囲の人達にかこまれて、孤独感に耐えられ精神的な苦痛も和らぐが、多くの人は孤独な寂しい人生を送っている。癌の告知は残酷である。

癌の告知というものは、各々の環境や性格にもよるから、一概にどちらが良策か決断するのがむつかしいと思う。

八十歳を過ぎると細胞が古くなり、癌の発病が多いという。検査の普及が進歩した故もあると思うが、八十代は、人間として生命の限界のような気がする。

八十代を無事に生きてきた人は、九十歳、百歳までも長生きができるのではないかと思うようになった。

二十四、残菊

今年の冬は例年になく寒さ厳しく、老いの身にはこたえる。七十代は、少々寒くても我慢ができた。朝起きて、素足で草履をはいて庭におりても平気であったのが、このごろではそうはゆかない。矢張り年だなあと、肌で感じる。昨夜、うっかりしてクンシランの鉢を家に入れるのを忘れてしまって、今朝目を覚まし窓を開けてみて驚いた。葉全体が、白くやけてしまった。昨夜の霜にやられたらしい。一瞬、息が止まる思いであった。早速、室内の陽のあたる場所に入れてやったが、矢張り一枚一枚と葉が枯れて、とうとう駄目にしてしまった。

今年は降雨量が少なく、師走というのに土がからからになっている。ホースで水をまいていると、土が水をのみ込むように吸い込んでしまう。まるで、生き物のように感じる。ヒヨドリが種を落とし、発芽した万両の青い実があちこちに点在している。今年はミカンも豊作にて、黄色い実を沢山つけている。フェンスの内側に植えてある小菊が、可憐に咲き競っていたが、霜枯れて葉を落としている。よく見ると、霜をのがれた一茎の残菊が、ピンクの顔をのぞかせている。茗荷《みょうが》の葉が枯れて、白く土を覆っている。その上に菊の枝をそっと置いてやると、暖かい日差しをあびて嬉しそうで愛らしい。

年齢と共に遠出はできない。せめて自分の小さな庭にて、色々と演出をして、広い野原を想像している。探すことによって、自分の身辺に結構楽しいことが沢山ある。テレビで音楽紀行を見ていると、世界の美しい景色と共に、美しいメロディーが流れる。ニュースに次いで、この番組が一番好きである。心身が洗われるような気がして、ほのぼのとした安らぎと幸福感にひたっている。

妹二人、弟一人がそれぞれの地で健在であるが、年をとれば、矢張りお互いが近くに住んでいるのが一番いい。古くからの友人とも二人ほど文通をしているが、老いてゆくほど、昔が思い出されて会いたくなる。矢張り、結婚する時は故郷の近くがいいとつくづくと感じる。時々こちらから電話をかけたり、向こうからもかかってくる。三十分から一時間も話をすることがある。お互いに言いたいことを話し合って、電話を切った後のすがすがしさは何ともいえぬ気持ちである。幸福を、お腹一杯食べたような満腹感を覚える。しばらくは充実した生活ができて楽しいものである。

このような感情は、家族に接している時とはまた別のものである。

一週間のうち二日は関節症のリハビリに通院をし、スーパーで食料品を求め、往復の所要時間は約二時間余り、人と接することもできるし運動にもなっていいと思っている。おっくうになることもあるが、勇気を出して励行している。バス代と医療費が無料にて、本当に有り難い。心から感謝をしている。これ以上病気をしないように、健康には一層の注意をしたいと心から念じている。矢張り、人間は、自分の健康は自分で守らなければならないと思うし、幾歳になっても健康で美しくありたいと切実に思う。

霜枯れた一茎の残菊のごとく、枯れ果ててもなお美しい花の面をとどむるごとく。

二十五、妻の言葉

「あなた、何をやっているの」

刺《とげ》のある言葉が聞こえてきた。

「そこを、上げないと駄目でしょう」

「本当に駄目なんだから」

女性の声が、ある町医者のトイレの中から聞こえてきた。

やがてトイレから出て来たのは、七十歳位の夫婦であった。

夫は脳梗塞《のうこうそく》の後遺症と見えて、手足が不自由のようであった。夫人は夫の手をひきながら、トイレから出て来た。

夫は人品卑しからず、かつて実社会では部長級まで昇進したであろう風格を持っていた。トイレの中の言葉を聞いた時とは、大きな違和感を感じた。下駄箱から靴を出して履く時も、足がなかなか靴に入らなくて困っていた。

「本当に駄目なんだから」

はき捨てるような夫人の声がした。低く鈍い声であるが、嫌悪感が漂っていた。

それでも夫は黙して語らず、妻のなすままに任せていた。

これだけ残酷な言葉をかけられても一言もなく、妻のなすがまま、心中いかばかりかと察することができた。さぞ口惜しいことであろうと推察をした。自分の意のままに行動ができない夫の体に対して、夫人は極度の焦燥感があり、もはや頂点に達しているらしい。

妻にとっても、これ以上の苦痛はない。五十年近くも共に生活をしてきた夫婦であっても、永い人生には種々雑多な起伏があり、愛憎の間でそれでも家庭大事と、自分の感情を犠牲にして生きてきた妻にとっては、老いた夫の病気は心身共に大きな負担となって、ずっしりと重くのしかかっているのに違いない。

また、自由に動かない自分の体をいかんともしがたく、もてあましている夫にしてみれば、妻に口ぎたなく罵《ののし》られても、どうすることもできないもどかしさ、心の底から人生の悲哀を感じずにはいられない。

手足が麻痺《まひ》していれば足の感覚もないのが当然のこと、せめて言葉だけでも優しくできないものか。他人事とは思えぬ、悲痛な思いであった。脳梗塞という病気を避けるように、食生活には十分気を付けなければと、今更のごとく思いを新たにした。

就寝前にコップ一杯の水を飲むことによって脳梗塞が防げるとのこと、この医師の言葉通り私は毎晩励行している。

二十六、人生に悔あり

八十歳になった時、自分の過去を振り返り現在を見つめて何時死んでも思い残こす事はない、と妹に豪語したものである。暫くの間は安堵感と優越感に浸っていた。

一年毎に体力の衰えを意識しながらも幸福であった。そんな時、おしゃれな夫は白髪を自分で染めていた。

「もう白髪になさったら」

「いいや、もう少し」

と一生懸命である。そんな時、私は決心をして主人よりも先に白髪になった。

「お前、外出する時は、カツラをかぶれよ。白髪のばあさんとは一緒に歩いてやらないからなあ」

夫の言葉に〝あ、やっぱりね〟と思った。

夫婦とは空気のような存在だと人は言う。まあそんなような生活が六十年も続いた。夫婦の絆というものは親子よりは、ずっと深いものなのか。親子の生活は、せいぜい二十五年位とすれば、六十年とは余りにも気の遠くなるような歳月である。空気のような存在でなければ、こうも長くは続くまい。

だが世を去った後の思いは、意地悪をしないで、あの時はこうすればよかった等と、後悔し思いは千々に乱れる。

年を重ねるほどに思い出すのは、育てられた祖父母のことである。七十代で他界をしてしまった。

かえりみると、言葉では言いつくせぬほどの恩愛をひしひしと感じてくる。声を出して叱られた記憶はない。祖母の、祖父に対する態度も今にして思えば柔順そのものであった。

大家族であったが、それぞれが自分の役割を心得て生活はスムーズに行なわれていた。誰から言われたことでもないが、学校に行くまでには自分の部屋と、表の掃除は妹と二人で毎日行なった。少女の頃の生活は、一寸見れば放任的に見えるが、今から考えると、大きな厳しい規律の中で、のんびりと養育されたような気がする。

いつくしみ育てられて成長した自分が幸福であった。この祖父母に対して何ひとつ報いることができなかったのが残念である。自分が老いて初めて知ることができた祖父母への気持ちである。

これから先、いかなる悔いが頭をよぎるのか、人間はそれほど完璧ではない。桃の花や、アケビの花が散って小さな果実の芽がふいた。花みずきの赤い花片が動き始めた。梅の若葉が老の目をいやしてくれる。自然界の動きに身をゆだね、気楽に生きるとしようか。

二十七、我が家の猫

人間でいえば、丁度少女のような年頃《としごろ》であろうか、一匹の猫が我が家の周囲を餌を求めて徘徊《はいかい》していた。白黒の毛並みが美しく、可愛い顔をしていた。可哀想だと思って飼うことにした。そして、チビと名をつけた。人なつっこいつぶらな瞳が愛らしく、奥目で長いまつげがとてもチャーミングである。よく見ると雌猫であった。心ない飼い主が雌猫だと知って、捨てたのであろうか。捨て猫には雌が多い。一週間ほどたってから、二日間の入院で、避妊手術をしてもらった。ジプシーのような毎日から、十分に食べ物を与えられたチビは、のんびりとソファーの上に寝そべって離れようとしない。

毛並みも美しく艶《つや》を増してきた。柔軟な体で美しい姿態を作って、私の目をみはらせる。時には、芸術的ともいえる女体のポーズを作って私を驚かすこともある。猫にはこういった不思議な魅力がある。犬のように飼い主に媚《こび》ることをしない。夜中に水を飲みに起きる時も、ドアがしまっているため、畳をがりがりと爪で音を立てる。障子に爪を立てて穴をあける。板を立てて防御をすることにした。

話は変わるが、以前に飼った猫は生まれて間もない赤ちゃんの時からであったので、善悪の躾をした故もあって、障子を破ったことも畳を痛めたこともなかった。夜中に私を起こす時には、耳たぶを柔らかくかんだものである。

真夜中のお産の時には、五匹の子を生むのに三時間もつき合わされたことがあった。お腹をなでて欲しいというのである。私が床の中にいると、お産をしている箱の中から出て来ては、耳たぶをかんで私をひっぱってゆく。私も一緒に箱のそばに座って、頭をなでたり、お腹をなでたりしているだけで、安心してお産をする。猫を飼って初めての経験なので、猫も人間並みだと驚いた。真夜中に、三時間も猫のお産の介抱をするとは、いやはや奇妙な気持ちがする。

動物を飼うということは、人間と同じように幼児教育が大切であるということを教えられる。チビは最近になって、カーペットにも爪を立てなくなった。我が家に住むようになってから早くも十五年の月日が流れて、共に老いてきた。早朝五時ごろ起こされて、私の起き上がる動作を振り返って眺めている。チビの表情に、かすかな哀れみの影が宿ったのを私は見た。

「矢張り年だなあ」

という目つきで私を見つめている。私がよいしょと言って起き上がり緩慢な動作でドアを開けてやると、勝手の餌場《えさば》へ私をいざなうように、振り返り振り返り連れて行って、空になった器の前に座っている。冷蔵庫から牛乳を出して、寒い時にはあたためて与えることにしている。熱すぎると、冷めるのを待って飲む。なまりを少し食べ外出する。

どんな寒い日でも、朝の五時ごろには必ず出かける。用をたしに行くのであろうか。暖かい日には、そのまま九時ごろまでは帰らないが、寒い日だと七時ごろには帰ってくる。ストーブがついていないと、早くストーブといわんばかりに、何やら小さな声でぶつぶつとつぶやきながら、足元をうろうろする。

チビも年をとった故か、最近では意思表示をするようになった。自分の座る場所は、いつも洗濯をした清潔なものの上を好む。自分の足が真っ黒になっていても、それはおかまいなしである。チビは、最近もう一つの住まいを持っていることが分かった。人間でいえば別宅である。

これは二年ほど前に初めて知ったことである。ある日、その家の奥さんが、

「これ、お宅の猫ちゃんですか」

表を掃除している私のそばをうろうろとしているチビの姿を見て、私に声をかけ

た。

「息子が二人いますが、猫が大好きで自分の部屋に入れたり、抱き上げたりして、可愛がらせて頂いております。お蔭様で小学生のころからずっと横道にもそれず、無事に長男は大学、次男は高校へ通うようになりました」

と彼女はにっこりと微笑した。考えてみれば、チビが家に来たころから、彼女の家にお邪魔をしていたことになる。冬の寒い時にはほとんど外泊はしなかったが、暖かい季節にはしばしば家を空けた。一体、どこで寝ているのかと不審に思っていたが、彼女の話を聞いてすべてがうなずけた。家に帰ると、「お家はここだけ」という顔をして、自分のしたいように行動をし、私をふり回している。

夏の暑い夜、十時ごろに家を出ていくチビの後ろを、こっそりとつけてみた。矢張り、彼女の庭へ入っていった。彼女の家は、私の家より五十メートルほど離れた場所にあった。しばらくすると、二階のベランダにチビの姿が現れた。私は道路に立って、息をのんで見つめていた。網戸になっている窓を、外から前脚でノックをしていたように見えた。すると、すうっと網戸が開いて、息子さんが顔を出した。チビは、当然のごとく、網戸の中にすうっと消えてしまった。

今夜は青年の家で一泊をするのであろうか。猫でも、矢張り、子供や若人を好むものらしい。年寄りは先が短いから、自分の将来に対して不安のようなものを感じるのであろうか。私はそのように思えてならない。本宅と別宅を巧みにあやつっている。チビもなかなか知恵者だと思った。人間のように大きないびきをかいて、ソファーに寝そべっている姿を見ていると、矢張りチビも年をとったなあと思う。チビのためにも、自分も長生きをしなければと思う。

猫のお蔭で、それ以来、別宅の奥様とは特別なおつき合いをするようになった。

二十八、花と鳥

花と小鳥の絵をよく見かけるが、その絵には、平和と美と安らぎを感じるものがある。梅の花の甘い蜜を、しなやかな動作でむさぼっている目白を見ていると微笑《ほほえ》ましい。紅シタンの紅い実をついばみに来る、名も知らぬ美しい羽をした小鳥も愛らしい。小鳩よりもやや小さい。ヒヨドリもスマートで、小首をかたむけて周囲を見回すさまは、物思い気で可愛い。

ところが、去年の暮から山茶花《さざんか》の花弁をすっかり食べられてしまった。紅色の可憐な花を楽しみにしていたのにがっかりした。梅の花も一輪一輪と花が失われてゆく寂しさ。今朝は、プランターに植えたパンジーの花片がなくなっていた。パンくずなどを餌台に置いてあるのだが、やはり自然の花々が美味なのであろうか。どうすればいいのかと思案中であるが、なかなかいい知恵が生まれてこない。知人に話してみるのだが、

「鳥たちも生きていかなくちゃあならないのだから仕方がないよ」

と寛大な返事が返ってくる。それもそうだなあと私は考えながらも、ここ一、二年の間にヒヨドリの数が多くなったことに気づいていた。

花と鳥、長閑《のどか》な風物詩のように見えるのだが、ヒヨドリにとっては命につながる問題なのだ。大抵の小鳥は花を大切に、スイスイと泳いでいるように見えるが、ヒヨドリは荒々しい。餌のなくなった時のほんのつなぎに、花をついばむらしい。細くとがった嘴で山茶花をついばむ姿は雄々しくさえ見えるが、紅い花の姿にはしいたげられた乙女の姿を想像する。そして胸が痛む。

けろりとした顔をして小首をかしげるヒヨドリの姿が愛らしく、憎めない。

二十九、狐と狸

私の故郷は、関西本線にある人口六千余りの小さな山村である。昔は、狐や狸と共存しているような静かな山里だった。だが、私はこの獣達の姿は一度も見たことがなかった。

お寺の和尚さんが葬式の帰り道、山道をほろよい機嫌で歩いていると、手にぶら下げた重箱が急に重くなった。重箱の中には、葬式の御馳走が沢山入っていた。狐の好物の三角の油揚げが入っている。いつものことなので、またやられたなあと思いながら、そばの石の上にどっかと腰をおろし、きせるを取り出してキザミ煙草にゆっくりとマッチで火をつけた。闇夜に赤い光が一瞬ゆらめいた。キセルの先の小さな赤い火が、白い煙をはきながら糸のように流れている。和尚が大きく吸って、丸い輪を作って煙をはいた。狐は、煙草の火と匂いが嫌いであったので、いつの間にか和尚のそばから逃げ出した。

家に帰り、重箱の蓋《ふた》を開けると、大きな三角の油揚げがなくなっていた。いつものことなので特別驚くこともないと、和尚さんは笑いながら面白おかしく話してくれた。

またある時、歩いても歩いても、同じ道にもどって来てしまうこともあるという。これは狸のいたずらだという。

いずれにしても、和尚さんを含めて、ユーモアたっぷりの動物達である。狸はいつも見ている和尚さんを見て、大きなお腹をかかえて笑っていたのであろう。

また、これは、嘘のような本当の話である。小学五年生のころであった。二月の初午《はつうま》の日の行事である。どこでもやっている行事ではないらしいが、部屋に白い布で幕を張り、祭壇を作り、その両側には狐と狸の大きな焼き物が置いてあり、いなり鮨が祭壇いっぱいに供えられていた。この様子は、いかにも滑稽《こっけい》で奇妙でさえある。近所の青年や子供達が大勢集まって、御馳走やお菓子を頂きながら、狐の嫁入り話や狸にばかされたことを、まるで本当のように話をする。私もその中にいる一人であったが、少女のころの楽しい思い出として今でも胸の奥に残っている。

御馳走をいっぱい食べて、眠くなってきたころである。

「さあ、これからが本番ですよ。みんなも、私達と一緒に行くかい」

声をかけたのが、この家の主人で亀造という。四十歳位で逞しく日焼けをした顔をほころばせた。この人は、百姓をしている普通のおじさんであった。

亀造は真っ白な着物に白い帯を締めていたが、皆と一緒に家を出る時は、白いジャンパーに白いズボン、長靴といういでたちであった。この白装束は、白狐を表していた。

箱に沢山のいなり鮨を入れて、青年達はそれを肩から鞄のように掛け、長靴を履き戸外に出た。亀造と青年七人、その他大勢、足に自信のある人達十人ばかりであった。大寒を明けたばかりの早春の夜は更けて、月あかりだけが如月《きさらぎ》の夜空に冷たく輝いていた。一週間も前に降った残雪が、白い塊を残して夜目にも白く浮いて見える。

姫山という雑木林の山道にさしかかった時である。亀造の足が俄《にわか》に速くなってきた。青年達も私達もそれに遅れじと、後をついて行く。やがて、脇道にそれた亀造の足がさらに速くなった。茨《いばら》をかきわけ、小岩に飛び上がり飛び降り、その姿はまるで白狐のごとし、青年達も遅れじと後をつけるのだが、道なき道を駆け登りあるいは飛び降りて、敏捷《びんしょう》に駆け回る亀造の足にはとても追いつけるものではなかった。

肩に掛けたいなり鮨がずっしりと重く、それでも懸命に追い、ようやく亀造の姿を見つけ追いつくような状態であった。ほかの人達はとてもついて行けず、腰をおろし息をはずませていた。私と友人は、それでも遅れじと歯をくいしばり後を追った。身をさすような寒さであるが、顔から汗が流れ、まるで真綿に包まれたように暖かかった。頑張るということは、こんなに心地好いものなのかということを、子供心に感じたことを覚えている。この時の感触は今になっても忘れない。

亀造は雑木林にかこまれた小さな祠《ほこら》の前で、両手を額にすりつけるようにして、何やら大声を張りあげている。青年達は口々に叫んだ。

「キツネが乗りうつった。キツネだよ」

青年達はささやきあった。

「いなり鮨を、いくつ置いたらいいですか?」

青年は亀造に声をかけた。

「親子五匹だ。十五個たのむ」

亀造は、体を上下左右に動かしながら、人間の言葉とは思えないような奇妙な声を出した。苦しそうに息をはずませている。

青年は、いなり鮨を落葉の上に十五個置いた。すると亀造は、普通の状態にもどった。まるで術をかけられたような不思議な情景を目のあたりに見て、私は驚いてしまった。やがて、亀造はゆっくりと歩きながら、どうしてあんなに走ったのか自分にも分からないと言う。山中の道なき道をわけ入り、岩石の上に登りまた降りて、脱兎《だっと》のごとく山中を駆け回り、狐や狸の催促がかかると自然と足が速くなり、獣道を白い服装の亀造は白狐のごとき妖艶《ようえん》な姿態で飛び回る。こんなことを何度かくり返して、手持ちのいなり鮨がなくなるまで、山々を駆けめぐった。

月あかりを頼りにして走り回っているうちに、夜も益々深く、月が怪しく冴えて、樹々の梢や足元の枯れ草がはっきりと見えてくる。真夜中というものは、こんなによく見えるものとは知らなかった。

家を出てから幾時間が経過したであろうか。何の恐怖もなければ、誰一人《だれひとり》怪我をしなかったのも不思議であった。

家に帰ったのが午前一時を過ぎていた。

祭壇の前で色々とご馳走が出た。熱いぜんざいのおいしかったこと。

やがて亀造は白い着物に替えて、祭壇の前に座った。何やら祝詞《のりと》をとなえている。すると、突然、ぴょこんと飛び上がると狐そっくりの仕草をしたので、一同が驚いていると、

「姫山の狐だ」

一同が再び驚きの目を見はった。一人の青年が言葉をかけた。

「おいなりさんを食べてくれましたか」

「とてもおいしかった。有り難う」

「名前は何と言うの」

再び青年は言葉をかけた。

「姫山の白狐一族だよ、名前は別にない」

亀造は、苦しそうな声を出しながらも、何とも愛らしき狐の姿態をみせた。姫山の狐が消えて、今度は、こたつ山の狸が亀造の身体に乗りうつり、狸の焼き物そっくりの動作で立ち上がると、

「私はお初や、おいなりさん、とてもおいしかった。有り難う」

と、何度もおじぎをして帰っていく。狸や狐が亀造の体に乗りうつり、礼を言っては山に帰ってゆく。私達は、ただただ目を見はるばかりであった。

夜明け近くになって、ようやく行事が終わった。初めて見た奇妙な出来事に驚き、

亀造にどうしてあのようなことができるのか不思議でならなかった。

芝居を見ているような、それこそ狐にだまされているような、少女時代の楽しくも奇妙な思い出の一齣であった。あれから六十五年余の永い年月が流れ去ったが、今でもあの時の奇怪な思い出は理解できない。

三十、目白と雀

「元旦や晴れて雀の物語」

嵐雪《らんせつ》の句が、ふと頭をよぎってゆく。太陽の光線もなく、薄墨色をした寒い大みそかが、一夜にして空青く全天雲一つない光輝く元旦に変わっていた。何やらさえずりながら十羽余りの雀が電線にとまり、私の目覚めを今朝もまちわびているようであった。私の姿を窓ごしに確認しておいて、しばらくどこかへ飛び去ってしまう。

集まってくる。

餌台の籠《かご》の中へ、パンくずや残飯を入れてやると、どこで見ているのか二羽三羽と

このごろでは、目白も一緒に仲良く餌を食べるようになった。嘴が細いため、初めのうちは御飯粒がうまく口の中に入らなくて困っていたが、最近は上手に食べられるようになった。多い時は、十五羽ほどの雀が一度に来る時があるが、それぞれが交替で食べ、喧嘩《けんか》など決してしない。

初夏のころであるが、親雀が巣立ったばかりの子雀を連れて来て、自分の嘴から一粒ずつ子雀の口の中に入れてやる。子雀が危なっかし気に羽を震わせながら、親雀から食べ物を受けている姿の愛らしさは、何ともいえず、心の底から微笑と、心のぬくもりを感じてくるのであった。

小さな小鳥でさえも、人間に勝る親子の情愛がある。欲の深い雀は、御飯粒の塊をついばんで屋根の上に飛び上がって行くが、途中で落としてしまい、嘴には一粒しか残らない。そのうちに一羽の雀が餌台に残り、一粒一粒と食べている。欲張り

の雀より、籠の中で一粒一粒と着実に餌をついばむ方がはるかに満腹をする。雀達のこのような姿を見ていると、人間の社会にもこれに似たような事柄が多いのではないかと思う。分相応の生活を地道に進めてゆくことによって、人生の晩年に花を咲かすことができる。

自然界に生きる小鳥達の姿を見ていると、人間の生活と何ら変わらないような気がして、親しみが湧いてくる。ストレスなどで何となくぎすぎすとした人間の気持ちも、小鳥達の生きる姿を見ているとどこかに吹き飛んでしまって、心の底から和んでくるのも不思議である。

目白と雀の姿を見ていると、こんな会話が聞こえてくる。

「目白さん！　君の体は青いね」

「それはね、木の実や、花の蜜を食べているからよ」

「そんなものでお腹がいっぱいになるのかい？」

「腹八分目というでしょう。だから、いつも私達はスリムよ」

「痩《や》せ我慢をしないで、このおいしい御飯を一寸食べて御覧よ」

「それは駄目。私達には、昔から続いて来た食事情というものがあるのよ」

「そうかい。見かけによらず頑固なんだね、君は」

雀と目白はこんな会話を交わしてから、四、五日が過ぎたころ、雀の餌場にやって来た目白は周囲を見回しながら、雀の食べ残した御飯粒を恐る恐るついばんでみた。嘴が細くて長いものだから、餌が大きくてなかなかうまく口に入らない。何度もくり返しているうちに、うまく口に入るようになった。

「これはいける。なかなかおいしいなあ」

それから目白は、雀の目をぬすんでは、こっそりと餌場を訪れるようになった。花の蜜のように甘くはないが、満腹感がなによりと目白は喜んだ。暖かい太陽の光線を縫って、冷たい北風が通り過ぎてゆく。

「おや！　目白君ではないか。何をしているんだい」

どこからか飛んで来た雀は、二分咲きの梅の木の枝にとまって声をかけた。

「アラ！　見つかっちゃった。御飯粒を頂戴していたのよ」

「どうだい。おいしいだろう」

　雀は得意気に羽をふくらませた。

「想像以上よ」

「君の嘴が細いから、中々うまくいかないだろう」

「でも練習次第よ。これからはお仲間に入れて頂くわ」

「君はなかなか前向きなんだね、よろしい」

　こうして、目白は雀の仲間入りをして、餌場に来るようになった。初めのうちは雀達の圧力に負けながらも、スキを見てはやって来て、執拗《しつよう》に餌をついばむのだった。

「目白さん、君はいつも一人かい」

「そうなの、今は一人だけれど、そのうち仲間を連れてくるわ、その節はよろしくね」

「君は、体に似合わずタフなんだね」

「そうよ、私達は雀さんのようにのんびりしてはいられないのよ、生存競争が激しいから」

「僕達の仲間は沢山いるが、みんなファミリーなんだ。仲が良いよ」

「私、雀さん達を見ていつも感動しているのよ」

こんな会話があってからしばらくして、目白は二羽でやって来て、雀達と一緒にすさまじい勢いで餌を食べている姿は、本当にタフで体に似合わず図太さもある。

二羽で来たということは、好きな彼でもできたということであろうか。やがて子連れでやって来る日を楽しみに待つとしよう。

残飯に集まりて来る雀等の
にぎにぎしきは童に似たり

三十一、落葉

風船玉がふくらんでくるように、自分がどうしたら幸福になることができるかを考えてみるといい。人が幸福を運んで来てくれるものでもなく、青い鳥が運んで来てくれるものでもない。幸福というものは、自分の手で摑《つか》むより道はないのである。

幸福感というものは、人それぞれに違うものである。自分に合った幸福を、自分で作り上げてゆかねばならない。毎朝、洗顔の後、鏡に向かって笑顔を映すことによって、心の中に笑みを送る。これだけでも気持ちが和む。心が和めば、物事をみる目が変わってくるものである。かりに、梅干しに御飯という質素な朝食であっても、幸福感を得ることができるものである。

冷たい秋雨の降りしきる落葉の道を歩きながら、ふと我が身の老いを思い、しとど心が濡れる。生命あるもの、必ずこの落葉のごとく枯れ果てるものである。せめて樹木である限り、散り果てるまで美しく輝いていたい。新緑、青色、黄色、紅色とは異なっても、散り落ちるまで美しく人の心を楽しませてくれる。人生も、こういうものでありたい。

道一面に敷きつめられた柔らかな落葉の感触を、靴底に感じながら、ふと幸福感にひたっている自分に気が付くことがある。

一瞬、冷たい風が頬を打ち、流れ去る。散り残りの落葉が、ひらりひらりと雨に抱かれるように舞い落ちる。こういう時に、一句詠めない自分がもどかしい。

今は、晩秋というより初冬といった方が適当な季節かも知れない。落葉の上を歩きながら、胸の底から大きく深呼吸をする。そして、老いの身をしばし忘れる。一年周期でめぐり来る大自然のこの美しい営みを、毎年楽しみにしている。買物の往復に利用する道であるが、今は無き遠き古里の山河を心ゆくばかり思い起こし、幼き日々や青春時代が千々に脳裏を往来する。老いの心に、淡き夢と仄《ほの》かな安らぎを味わわせてくれる。

冷たい秋雨の降りしきる戸外を歩いていても、落葉にからませ風流の思いにひたり、決して冷たい嫌な雨だと感じないような心境にもってゆく。このような心がまえで生活をしていると、感性に富み豊かな心になってくる。

小鳥を愛し、小動物を愛することのできる人は、人間をも本当に愛することができるようになる。人を愛するということは、自分を大切にするということに通じる。

日常襲いかかる精神的な不満やストレスなどは、自分の手で追い払うことである。

欲望というものは、限りないものである。誰しも自分の欲望を満たすことはでき得ないものである。十の欲望のうち一つかなえられればそれでいい、と考える人の心には満足感がある。充足を知ることのできる人は、豊かさを知る人である。自分の分に応じた満足感によって、幸福感が得られるものである。幸福とはそういうものである。分不相応な欲望を追い求める人の心は、いつも貧しく不幸である。

「足るを知る者は富む」という言葉がある。落葉についてもっと書きたいと思いながらも、つい脱線をしてしまった。

故郷の道なき雑木林を、わら草履をはいて歩いたことを思い出した。

今思えば、足に怪我をしなかったのが不思議といえば不思議であった。アケビや、甘い赤い実を探し求めて、山中を駆けめぐった。何ともいえぬ落葉のいい匂いが、鼻をくすぐる。茶色をした山ウサギが、山の清水を飲んでいた。今考えると、おとぎ話のような場面が目前に展開する。私は自分の少女時代に体験した栗拾いや松茸《まつたけ》狩りをした楽しい思い出が、今でもはっきりと蘇る。

山の中の、あの落葉の匂いが忘れられない。

三十二、老人の幸福とは

立春が過ぎ早二週間余り、四月のような温暖な日が四、五日続いた。年の故か、庭にやる寒肥も、今年は寒気が強くて、すっかり遅れてしまった。今までは苦にもならなかった庭木の手入れが、今年はなぜか、精神的肉体的にも負担を感じるようになっていた。それでも、のんびりと二日がかりでやり終えてほっとしている。

七十五歳位までは、心身共に軽やかにてきぱきとやったものだが、矢張り年には勝てないと痛感する。今までは体力が気持ちについてゆけなかったものが、最近では精神力も衰えてきたような気がする。今日中にこれだけはしておかないと、というような積極性がなくなってきた。これからは、決して無理をしないで、幾日かかってもやっていくということに定めた。これが八十路を行く私の姿である。

人には決して話したことはないが、老境を健康で人に迷惑をかけないように生きてゆくには弱音をはいたらおしまいだと思って、強い信念で生きてきた。一言弱音をはけば、体中の細胞がバラバラになってしまうような恐怖感があった。

が、しかし、先に書いたように矢張り年齢には勝てないことを知り、なるようにしかならない、精神力にも体力にも限界があることを、この年になって身を以て悟ることができた。ここにきて人生急ぐことはない。ゆっくりと残された日々を、肩肘張らずに、今日できなかったことは明日があるではないか、この調子で生活することを心に決めた。

新聞も読みたい、テレビも見たい、名曲も聞きたい。なかなか時間が足りなくて困っている。

私は十年を節目に考えて生活をしてきた。七十歳の時には、八十歳まで生きられるという確信があった。八十歳にたどり着くと、現在では、九十歳までは健康で生きられるのではないかという欲望と希望が湧いてきた。

七十六歳の知人の話であるが、息子夫婦と同居をしている。「何もすることがなくて、自分の趣味だけに生きているが、これから先、生きていても年をとるばかりで同じことだから、息子達に迷惑をかけないように早くあの世へ行った方がいいような気がする」などと電話で話していた。彼女は、「嫁との折り合いもよく、家族が円満に暮らしているから幸福よ」と言っていたのに、この言葉を聞いて唖然とした。何と気の弱いことをと思ったが、よく考えてみると、これは贅沢《ぜいたく》な悩みであると思った。

家族があっても一人住まいの老人や、生活も十分にできない老人が多いということから考えると、幸福の園にどっぷりとつかって生活をしていると、自分の幸福が見えてこないのではないだろうか。

人間は、いくら老いても、自ら死にたいという欲望を持つものではない。年老いて、家族からの虐待が多発している現在であるが、一人の人間の生命ほど尊いものはない。自分自身の意の儘《まま》にはならない、何者かの意思によって導かれているような生命の神秘さえ感じられる。決して自ら絶つ生命ではない。老いれば老いるほど、一日でも長く生命の芽を伸ばし続けたい。

戦前は、祖父母、父母、叔父叔母などの大家族で構成されていたから、老人の生活は安定した幸福なものであった。戦後、小住宅や団地が多く建設され、核家族が増えていった。「ばばぬき」などという下卑た言葉が流行し、親達は一時期邪魔者扱いをされた。このような時代から、早くも三十年という年月を経ている。その当時、子供達から見放された親達は、精神的な葛藤《かっとう》を体験して現在に至っている。長期間にわたって、親達は自立をするようになった。

なにしろ、この年齢の人達は戦争という大きな試練に遭遇しており、少々の苦難にくじけるような軟弱な人達ではない。現在、七十歳以上の人達である。

ある夫人はこんなことを言っていた、

「一人暮らしは呑気でいいわ、自分の好きなように暮らせるから。病気をしたらその時に考えるわ、マンションを売ってホームへ入所してもいいからね」

等々と、贅沢なことを言ってけろりとしている。また、ある夫人は、

「私は年金だから病気をしたら一寸心配、子供達の教育にお金をかけすぎたかな。あまり貯蓄がないのよ。今更言ってみても仕方のないことだけど」

こんなことを言えるのも、健康で生活力があるからである。このような心境に至るまで、孤独と寂しさとの交錯した生活が幾年続いたことであろうか。

一人住まいで健康な毎日を過ごしている老人でも、時としてふと頭をよぎるのは、病気をした時の不安である。自分の子に依存することが人間としての道であるが、

行政に依存するのが適切なのか、今のところ、判断がつかない。

日々、増えつつある老人が一体どうすればいいのか。こんなことをいうと時代に逆行していると笑われそうだが、今すぐにということは無理としても、将来は老人医療は別として、家族のことは家族で責任を持つ仕組みにすればいかがなものか。長い将来、国に依存しても、決して当てにはできないような気がする。消費税十パーセント以上という日も遠くない。現在のままでは、これも致し方がない。

自分達のより豊かな生活のため、親の面倒は公的施設に依存する。多くの人達はそれを肯定しているように思われる。しかし、それが老人にとって本当に幸福な処置なのであろうか。

バブル崩壊後の経済の回復が遅く、やがて四人に一人は老人という時代がくる。将来年金の支給も危ぶまれているという状態の中で、本当に老人福祉が大丈夫なのか、非常に心もとない気がする。

先にも書いたが、古き事柄でも、良いことが沢山ある。流行は過去からやって来る、という言葉があるが、過去に葬り去った物でも、近代的に手を加えれば立派に生まれ変わるものもある。高齢者虐待の記事を見て、本当に憤りを感じている。息子から毎日小銭を渡されて戸外へ出される父親、何と痛ましきことか。

また、寝たきりの姑《しゅうとめ》に食事のみを与えて、他の介護は一切放棄して、外出ばかりしている嫁もいるという。家の中で居場所がなくて、碁会所などで一日を過ごす老人も多いというような記事があった。同居をしていてもこのような日常では、決して幸福とはいえない。

若い人には、老人の心境などは決して理解できるものではない。各自が老人になってみて、初めて知ることができる未知の世界なのである。

若者が老人になって、老人達に対してしたことを後悔しても遅い。自分も同じ運命にあることを決して忘れてはならない。

アメリカなどでは、別居生活をしているが、週末には必ず子供達と共に両親の家庭を訪れ、家族の絆を強めてゆくということが常識のようであるが、日本では別居をするとお互いに疎遠になってしまう。国民性の違いであろうか。

「苦は色を変える」と祖母から聞いた言葉であるが、老人もそれぞれが違ったドラマを持っている。人間の一生は、ある程度運命のようなものに左右されているようにも思えるが、自分自身の手で作り上げてゆくのが運命だという気がする。幸、不幸というものは、若年のころからの積み重ねによって生じてくるものである。一生を健康で過ごそうと思えば、若年のころからの食生活がものをいう。

家族の絆にしても、若いうちからたゆまず努力をして、培ってゆかなければならない。また、年老いてからの貧困ほど不幸なことはない。若いうちからの老後のための貯蓄は、決して忘れてはならない。蟻《あり》や蜂《はち》の逞しい生活ぶりを見ていると感心させられる。人間も蟻達のごとく生きることができれば、老いて貧することがない。

一生を自分の子供達のために生きてきて、せめて余生は安らかに暮らしたいと願う老人達に若者達はどうして優しくしてあげられないのか。豊かになったというが、心の中は貧しく木枯らしが吹いている。親を大切に、悪事はしない、などということは、人間として生きる基本である。

だが、現代にはそれがない。戦後五十年のひずみが大きい。

老人といえども、幾歳になっても、もうこれでいいということは決してない。毎日が努力である。自分の幸福は、自分で築くより道がないのではないか。

花去りて、若葉の匂い芳しく、一番好きな季節の到来である。

バス停までの十分、その間、百メートルあまりのブナの街路樹がある。頭上を覆うさみどりのトンネル、しばし夢の国にいるような錯覚におちいる。ストレスなど全身から飛び去ってゆく。背筋をピンと伸ばして歩いていると、自分の年齢などつい忘れてしまう。

先日、スーパーのバーゲンで、派手を承知で淡いピンクのシャツを買った。初めて着る色への挑戦である。白髪に調和すると思ったからである。それを着てにんまりと微笑している。

老いるということにも、また楽しいこともある。

三十三、地獄と極楽

七十五歳のころ、姉妹三人で久方ぶりに故郷のお寺へ先祖の供養に行った。二十六代目という家系を継ぐことになっていた私は、嫁に行ったため、家は廃家になった。その後、叔父が分家をして、後を継ぎ供養を続けている。

苔むした墓石が大小幾つも並んでいる。小さな石塔は幼くして死んだ子供のものと聞いていた。緑色に苔むした墓石に手桶《ておけ》の水を手向けながら、思いは千々に乱れていた。妹達は青い線香に火をつけて墓石の前に置き、それぞれの花筒にはシキミの木を供えていた。五十余年も御無沙汰《ごぶさた》をしていた墓参であった。私は、家を出たことについて、ふと責任の重さを感じていた。

それから一カ月後、末の妹が子宮癌にかかり、治療を受け、七年後の今も健康である。

私も同じころ、鼻の手術をしている。

妹の言うには、お寺参りをしたお蔭で、病気が早期に発見できたと喜んでいる。

だが、私はお墓に住む餓鬼にやられたと言った。姉妹の会話を聞いていた妹が、

「へへへへ」

と笑った。考え方の異なった姉達の言葉を聞いていて、さもありなんと、思ったのであろう。そういう笑いであった。

お墓の片隅に、無縁仏の墓石が山と積んであった。墓石とは一体何であろう。先祖を祭る子孫がいなくなったら、墓から墓石が捨てられてしまう。墓石もただの石ころのように捨てられてしまう。

この世の中に霊というものがあるとすれば、墓地には餓鬼が無数に屯《たむろ》している。私は、その餓鬼にやられたと、咄嗟《とっさ》に思ったのであった。

二人の妹は、霊というものはあると信じているらしい。人間は死んでしまったら、肉体と共に精神も消滅してしまうものである。

夜床に入り、翌朝目覚めなければ死んだことになる。肉体が死んでいるのに、精

神だけが存在しうるわけがない。

若きころ、子宮外妊娠で手術をし、死線をさまよっていた幾時間があった。大手術後、肝炎を引き起こし三十九度余りの発熱があり、夢を見ていた。三十センチほどの長さの蠟燭《ろうそく》、それに五センチほどの炎が揺れていた。ゆらゆらと金色に怪しく燃えていた。真っ暗闇の世界にただ一つ、目に入るのは蠟燭とその炎だけであった。

怪しく金色に光る蠟燭が静かに私にすりよって来ると、私をいざなうように静かに静かに暗闇の中へ動いてゆく。その後を追いながら、蠟燭を摑みたいと必死になって追いかけるのだったが、行けども行けども暗闇の中へ速力を速めて蠟燭が行く。その蠟燭の火を摑み取ることができなくて目が覚め、死から救われたような気がするのだった。蠟燭を手にしていたら、恐らく死んでいたかも知れない。

今思い出しても、ぞうっとするような、暗闇と蠟燭の炎の色が今も忘れられない。

生死の境をさまよって、ふと目を覚ました時、周囲は真っ暗だった。付き添いの母に、

「暗いから電気をつけて頂戴」

と言った。真昼なのにと、母は驚いて看護部屋へ走ったそうである。

考えてみると、死の直前には何の苦痛もなく、三歳だった子供のことなど考える余裕すらなかった。死ということに余り恐怖心はないが、死にたどり着くまでの苦痛が恐いような気がする。人間はこの世から消え去る時、その行く先は何もない。地獄でもなければ極楽でもない。肉体という塊が消滅して、灰になり、土に還るだけである。こういってしまえば、人生に妙味がなく、世を去ってからの夢物語がなくて寂しい気持ちになるものだが、それが真実だと思う。

地獄とか極楽とかいうものは、死んでから行く場所ではない。この世に生をうけ、長い人生を生き、世を去るまでの人間の流転の絵巻である。意に反した行いに明け暮れる人は、自分自身の良心との葛藤《かっとう》から心の中は地獄であろうし、貧しくとも心豊かに楽しく生活をする人の心は極楽そのものである。人間は、自分の生き方によって、地獄、極楽を現実のものとして味わうものである。死の床に伏して、自分の人生を振り返りみて、悔いのない人は満足をして世を去ることができる。これが極楽というものではないだろうか。

一生懸命に神仏に合掌し、一方では不道徳な行いをしている人をよく見かけるが、その人の真意が理解できない。神仏に手を合わすということは、悪に染まらず清らかな精神と健康を祈るものであるとすれば、恐らく神や仏は苦笑をして顔をそむけるに違いない。

霊は存在しないと思いながらも神仏に合掌し、また、墓場に餓鬼の屯する姿を想像する矛盾を感じている自分であるが、うまく表現できないのがもどかしい。

千年近くも続いた先祖の人々の面影や生き様を想像し、また、九十六歳で世を去った母の七回忌を前にして、霊の存在などは問題ではない。先祖や父母の恩愛をいつまでも忘れないためにも、仏前に合掌をする。そうすることによって、人間として正しく生きてゆく心の糧を得るのではないだろうか。

死んでしまったら何も残らない。だから、生命ある限り楽しく幸福に生きることができるように、あらゆる努力をすることこそ極楽というものである。

極楽、地獄は、生きている人間の心の中にいつも存在するものである。人生をいかに生きた人であっても、人間は死というものによってすべて消滅してしまう。世を去りてなお、自分の行く先を憂える人がいるとすれば、美しい蓮の花を座として夢幻の世界を未来永劫《えいごう》に生き続ける夢を持つことも自由である。

三十四、古里の友

二年前、脳梗塞で倒れた友人は、現在小さな都市で入院生活を送っている。軽症であったので経過もよく、言葉が多少もつれ、右半身に多少のしびれが残っているが、現在はリハビリ治療を行っているという便りが昨日届いた。小学生のころの友人である。二男一女と三人の子がいるが、夫が早く世を去り、それぞれの教育をなしとげ、長男が一流商社マン、次男、長女が教師と立派に養育した。

知人の法律事務所で働いて、それぞれを独立させた。一人暮らしをこよなく愛し、息子達の世話にはならなかった。

六十一歳のころ、次男夫婦に同居を勧められたが、どうするべきかと迷い、私も相談を受けたことがあったが、何と返事をすればいいのか答えられなかった。結局は同居をすることになり、一緒に生活をしたが、一年もたたないうちに元の職場に帰ってしまった。その経緯は当人も話さず、私も強いて聞くつもりもなかったが想像がつく。その後も働きながら、一人暮らしの自由を楽しんで生活をしていた。

病気が病気だけに一人では生活ができなくなり、故郷の老人施設に自ら進んで入所し、ついの住処《すみか》と定めている。立派だと思うことは、自分の子供達との精神的な葛藤などは、一度も耳にしたことがなかった。

人生種々と苦労が多いが、それをうまく生きるところに妙味がある。この年齢の人達は、道徳的な基礎教育を身につけ、不況と戦争という大変な時代に生きてきた人達で、いかなる時代に遭遇しても、独自の判断にて立派に家庭生活を維持してきた。この友人のごとく、人生の終わりを自ら進んで古里の病院を選び、なお微笑を忘れないということは立派だと思う。私には、そのようなことができるか自信がない。八十一歳になっても、いざという時には心が揺れて、浮き草のごとく漂うのみ。先日、古里の匂い豊かな漬物を送られ嬉しかった。今日は、高島屋から鳩サブレーに甘い物を添えて、宅配便で送ることにした。

三十五、黒いシルエット

大正九年、父は三十七歳の若さで、腸捻転《ちょうねんてん》という病気で、たった一昼夜の病で世を去った。田舎のこととて、手遅れであった。息を引き取るまで苦痛と戦いながら、三人の子供を頼むと、そのことばかりを口にして、つめかけた周囲の人達に依頼をしたそうである。その時、私は六歳で、二歳違いの妹が二人いた。幼き子を三人も残して、死んでも死にきれないその当時の父の心境を思い起こし、涙がにじむ。

父が成仏できるように、仏壇の前で朝晩お祈りをするように祖父から言われ、祖父と一緒に仏前でお経をとなえたことは未だ忘れたことはない。父の戒名も覚えた。いつとはなく、般若心経《はんにゃしんぎょう》を覚えてしまった。現在はもう忘れてしまったが、周囲の人達から、生前の父のエピソードや人間的に優れていたことなどを耳にするたびに、父に対して私は誇りを持って生きるようになっていた。子供心にも、父に負けないように、また、父を悲しませることは決してしない、父の思いに対して報いなければという気持ちが、成長と共に強くなっていった。

世の中は有為転変、栄華を誇った平家も壇の浦の戦いで敗れ去るまで僅か二十年、人の世は予期しない風雪に遭遇するものである。私は十七歳のころから、運命のような糸に操られながらも、青春時代は友も多く、楽しい思い出も多く残した。二十歳位までは、周囲の人達に敷かれたレールの上を従順に歩いていたような気がする。しかし、二十二歳になって初めて自分の意志で行動をし、人生の出発をした。

祖父母に背き、周囲の人達を傷つけたことはいつまでも心から消え去ることもなく、いかなる罰もあまんじて受けるつもりで苦難に耐えた。

「人間は死しても魂が残る」というのが本当であれば、父は行くべきところへも行けず、闇夜の中をさまよい続けていたのであろうか。多難であろう娘の成長を見とどけるまではと、折にふれ、私の夢の中に現れたのであろうか。それは父の姿ではなく、いつも黒い布を纏《まと》った、肌一つ見えない黒いシルエットであった。二階の部屋の窓から、じっと私を見下ろしている。その夢を見るたびに、恐ろしい夢を見たと、心臓がどきどきしたものである。思い起こせば、六十歳ごろまでは、一年に一度は必ず見ている。

私の人生は、六十歳を過ぎて安定した。それ以来、一度もこの夢を見なくなった。来し方を思い、矢張りあの黒い影のようなものは、父の魂であったのか。安定した娘の姿を見て、安心をして、行くべきところに旅立ちをしたのであろうか。今でも掌中に、暖かい父のぬくもりを感じている。

これは夢であるが、不思議な夢を見た。窓辺に腰をかけていると、遥か向こうの山裾《やますそ》から、一匹の白蛇がすべるように細い山道をこちらの方へやって来る。長さ一メートル位の美しい白蛇であった。部屋に入ってくると、突然私の肩にのぼり、肩を抱きかかえるようにして、顔を私の耳にすりよせている。そばにいた妹が、「あら、気持ちが悪い、白蛇」とうろたえて叫び声をあげた。私は何となく、白蛇に親しみを感じていた。すると、私の耳たぶを柔らかくかんで、するすると体からすべり降りるようにして、また山道をかけて行った。

ふと目を覚ますと、夢であることが分かったが、変な夢を見て驚いた。

私は、一カ月ほど前に癌の告知を受けたのと同じ状態になり、死の恐怖を味わった。そして、検査の結果が白であった。ほっと一息つく間もなく、家族の一人が癌になり入院をした。あれこれと心痛が重なり、ひどく落ち込んでいた時にこの夢であったので、ふと黒いシルエットのことを思い出していた。

かつて、長い間、私を見守り続けた影のようなものが、ようやく、白蛇に化身したのであろうか。

死してなお、子供の行く末を見守り続け、ようやく成仏をして白蛇に化身できた。私はそんな父に深く感謝をしたい。私は何となく白蛇に親しみを感じて、そんな気がしていた。

人間は死と共に魂も死すという信念を持っているが、不思議なことが起きると、私の心も揺らいでくる。

三十六、痴呆

ここ、都会の住宅地の真夜中は、しーんと静まり返っている。時計を見ると、午前二時、草木も眠るというこの時刻、微かな葉ずれの音すら聞こえてこない。心身共に引き込まれてゆくような静寂《しじま》の中で、二転、三転と体を動かしながら、すっかり目が覚めてしまった。昨夜十二時前には床についたのだが、珍しく寝つかれなかった。

痴呆《ちほう》老人を国外の施設で介護する計画が、業者によって進められているという記事を読んだが、妙に頭にひっかかっていることに気がついた。この国も、とうとうここまで来てしまったかという絶望感のようなものであった。政府の言葉ではなく、一業者の計画であるのがまだ救いである。

痴呆となり、人間としての自覚も、人格も失っている患者である。だから、せめて国外の温暖な土地で、安価な看護料で生命を全うさす。この気持ちも理解できるが、生命あるものは物ではない。いかに痴呆になっても、一脈の感情は残存するものである。

たとえ、絹糸のごとき細き感情であっても、家族はそれをたち切ることができるのであろうか。人間、究極の場に立たされて、初めて知る血縁というものの不思議さと尊さである。老いて初めて知る、血というものの神秘さである。肉親は生ある時こそ、和をもって接し、死して永劫に悔いを残さじ。人間として心の底から、本当の幸福の泉が湧き上がってくるのは、この神秘に徹した生き方をした者のみが与えられる喜びであるのかも知れない。

二十一世紀の前半は、高齢化社会である。痴呆者も現在よりは増えるであろう。この年齢の人達は、決して人ごとではない。近き将来、やがては自分達にもふりかかってくるかもしれないのである。自分は痴呆にならないという保証はどこにもないのである。

痴呆者を家族に持つ苦悩は極限であり、戦前戦後の結核患者を家族に持った苦悩に等しい。国としても収容する施設が少ないため、お金のかからないところは順番待ちにて、なかなか入居ができない。入院のできるところは、入居費が高価なため一般向きではない。お金のある人は、自宅で看護人を雇って面倒を見てもいいが、中流以下の家庭は、矢張り国が経営する施設に入るより外はない。

立派なビルを建設する必要はなく、暖房がついていればプレハブでもいい。老人ホームと混在した形式で、相互が助け合う形で、野菜や花作りをしてもいい。ホームに入居しても、寝たきりを防ぐため軽労働が必要だと思う。富士の裾野あたりで、国営の老人施設ができれば、老人達はまた生きる希望を抱くのではないだろうか。国も過去の発想を転換して、老人の楽園を築いてみては、いかがなものか。

私は七十歳を過ぎたころから、食生活を徐々に粗食に切り替えてみた。切り替えるというよりは、必然的にそうなってきたような気がする。肉食は十日に一度でよくなり、現在では、一カ月に一度位しか、体が要求しなくなった。考えてみると、子供のころに好んで食した物が、年を重ねるたびに蘇る。

動物性の油と、美食が自然と体内から消え去り、シンプルな身体になったような気がする。現在では、粗食で栄養のバランスを考えて生きている。だが時として、にぎりが食べたくなったり、とんかつが食べたくなることもあるが、そんな時には存分に食欲を満たすことを忘れない。老年期に入ってからの食生活と生き方が、痴呆を防ぐ一つの鍵《かぎ》にもなる。

自分の健康は、自分で維持するしかない。

種々雑多な事柄が、胸中を駆けめぐる。

近くで車のドアのしまる音がして、ふと我にかえる。夜明けも間近、時計の針が五時を過ぎていた。遠くで救急車のサイレンの音が尾を引いて流れてゆく。これは、寂寥感を誘う悲しき音である。

三十七、あすなろ

翌檜《あすなろ》とはヒノキ科の常緑樹で、葉が檜《ひのき》によく似た喬木である。建築材として重要視されている。

子供のころから、祖母によく聞かされていた。「あすなろという木は、自分の側にそそり立つ檜を見ては、自分も明日はあの檜のように大きくなりたいといつも思っていたという。そのため、翌檜という名がついたそうである」

私は幼かったから、祖母の言葉に興味がなく、何となく聞きすごしていた。それから成長して長い人生の道のりを一生懸命歩み続け、ふと人生の終末にたどり着き、この木のことを思い浮かべた。明日こそは何かをしてみたいという欲望のようなものを、いつも頭の中に描き続けて生きてきたような気がする。

人間は何らかの欲望を持たなければ生きられないとするならば、たとえかなえられなくとも、夢と希望を抱いて目標に向かって生きる、ということは大切なことである。

あすなろは、幾年を経ても檜にはなれなかった。しかし、檜には檜の良さがあり、翌檜には翌檜の良さがある。

人間にも、それぞれの個性や上下の差があっても、それはそれなりに立派なものである。外観や、貧富の差で人間の価値が決まるものではないのと同じである。

翌檜（ヨクヒノキ）と書いて、あすなろと読むそうである。

なるほど。

私は、あすなろという木が好きである。

三十八、共白髪

夫婦は共白髪まで生きることを至上の喜びとしていた時代があった。現在の社会では八十年以上も生きると、喜びと言うよりも苦痛の方が多い。高齢者だからといって尊敬の念をいだく人は少ない。ぼけてはいなくても物忘れがひどくなると、ぼけだと言ってホームに入居させてしまう。そして本当のぼけと寝たきりにしてしまう。

先日、病院で九十歳近くの老夫婦と出会った。奥さんの具合が悪くて夫が付きそって来たらしい。足元もおぼつかなく、庇《かば》いあう姿には微笑ましいものを感じたが、高齢を生きる苦痛のようなものが伝わってきた。私もその年齢に近いのでよく理解ができた。

八十五歳をすぎると、人には理解出来ない自分の身体の微妙な症状がある。医師に話をしても原因はわからない。交感神経とか自律神経とかの作用によっておこるものであるらしい。老人は、一人前でないような存在として見られているのではないかと、いうような感じさえする。

朝起きるとまずお湯をわかしお茶と黒砂糖を少々頂くことにしている。三十分位、休養をしてから朝食の用意をする。こうすることによって血流がよくなるそうである。

夫婦がお互いに高齢になると、どちらかが病気をすると大変な事である。残された者の身体の負担は大きい。

六年前に夫を亡くした。発病後十一ヶ月の入院で他界した。洗濯物と病院通いで体力を消耗したのを覚えている。

今思いついたのだが介護保険制度のあることをすっかり忘れてしまっていた。ケアマネージャーに依頼をして、助けて頂くのが一番いいのではないだろうかと、だが高齢になると日常の変化には非常に弱い。つい現状維持の状態で我慢をしてしまう。もっと気楽に考えた方がいいのかも知れない。

三十九、空虚な時

デフレ経済を吹きとばすような興奮の渦に沸いたサッカーWカップが、ブラジルの勝利で幕を閉じた。トルシエ監督の思いっきりガムをかみしめる顔が印象的であった。さぞかし強烈に痛む胃壁を、ガムをかみしめる唾液がいやしつづけたのにちがいない。

私も八十七歳になって初めてサッカーを見て胸の高鳴りを覚えた。若者達のあの躍動感が眠っている血を沸かせてくれた。

小学五、六年生の頃には、百メートル徒歩競争の選手で他校の生徒達と競走をして闘争心をもやしたことを思いだした。スポーツというものは勝っても負けても、あの爽快感と優越感を忘れることは出来ない。

梅雨もなかば今年は、うっとうしい日が多く、全身をつつみこむような湿った空気が健康のバランスをこわしてしまう。これもやはり年齢の故だと理解しているが、過去には一度もこんなことはなかった。食欲不振になったり、思はぬところが痛んだり、久しぶりに、おかゆにかつおぶしという一食も試みた。

身体に精神を同調させてゆくには、意外に努力がいる。いつでも入院出来るように態勢をととのえるのも年の故であろうか。

今朝は梅雨が明けたような爽快な朝であった。百メートル位のところにある場所へ、ゴミを出しに行った。

「いつもゴミ出しをお手伝いしたいと思っておりますが」

と近所の奥さんが笑っている。

「これも運動のためと思って、たのしみにしてやっておりますのよ」

「そうだろうと思って遠慮をしていたんですのよ」

「ほんとうに、ありがとう」

老人にとっては、人の真心というものは嬉しいものである。

「いつも猫ちゃんがお供ですね」

「ええ、野良ちゃんなんですよ。あまり好かれても困ってしまいます」

アメリカンショートヘアーの小さな親猫とその子の茶と黒の虎猫である。いずれも親子とも雌猫で雨の降る日、庭にとび込んで来た。見ぬふりをしようと思って、カーテンをしめてしまったのだが、日が暮れても動かない。そうなると、ほうっておけない性分で、ついダンボール箱を出して入れてやったのが縁で、お隣の庭と我が家の庭を往来している。お隣の奥さんと二人で二匹の猫の避妊手術をしてもらった。

この猫は、ごみ出しの朝は必ず私の後をついて来る。最初は道路の真中を歩いていたが、

「真中は駄目、端を歩きなさい」

何度も言っているうちに私と同じように道路の端を歩くようになった。二匹の猫が背を伸ばし私の前を、ゆうゆうと歩く姿は、なんとなく異様な感じがする。若き頃、ターザンの洋画で見た光景に似ていると思った。ターザンが虎を連れて歩いて

いる姿を思い出した。この人間と歩いていれば絶対に安全だということを、態度や表情に表現するようになった。家の前の道路を掃除していると、どこからか出て来て、道路の真中に寝そべり、毛づくろいを始める。時々通る車が警笛を鳴らしてもなかなか動かない。飼主が、そばに居るから絶対に安全と思っているのか、それとも飼主の庭とでも思っているのか心中はわからない。

なかなか大胆な神経をもつ動物である。

最近、我が家を訪れるものは猫ばかり。あまり自慢出来る事ではないが、年と共に交際範囲もだんだんと狭まり孤独化してしまう。しかし考えてみると、これはごく自然な成りゆきにてこれでいいのだと思うようになった。めったにない事だが、どうしようもなく空虚になる時がある。そんな時は美容院に行ったり、レストランへ食事に行くことにしている。気分転換を試みる、最近はそれも、おっくうになって来た。

昼間だというのに車の音もなく、静寂そのもの。窓辺に見える青い木イチゴの葉が、かすかに揺れ動いているのみ。

そんな時、レモンをたっぷり入れた紅茶をチビリチビリと口にしながら、庭一面に茂った青一色の世界を見つめて一人悦に入っている。小さな庭であるが緑の森を作っている。梅雨をたっぷりと吸った樹々が緑の枝を力いっぱい所せましとはびこらせた。余り剪定をしないで、この夏はこのまま過ごそうかと思っている。ゆっくりと時間をかけて紅茶を飲む。緑の葉は、人間の細胞と同じ仕組みだということをいつか新聞で読んだことがある。自然界と人間の仕組みが通じているという不思議さに驚きを感じる。青い木イチゴの先端を見つめていると、まだまだこれから伸びるぞと、いっているようで強い生命力を感じる。庭の緑を見ていると、いつしか精神がなごみ、体調が回復する。この、すがすがしさは又格別である。

四十、侘

今日は夏至。梅雨のはしりのような、うっとうしい日が続いている。

こんな時、故郷の友人の訃報が届いた。自分の体の一部を持ってゆかれるような悲しみを覚えた。残った友人は、たった一人になってしまった。その友人の夫は、アルツハイマーで入院中だという。毎日おむつを持って、病院通いをしているという。大人の赤ん坊のようだと、手紙に書いてあった。八十路を生きる者にとっては、個人差はあっても年を取るということは決して素晴らしいことばかりではない。

私も「八十路のひとりごと」を書き出した頃は八十二歳であった。あの頃は、まだまだ元気で九十歳位までは大丈夫と考えていたが、高齢を生きるということが想像以上にむずかしい。この地域に住む知人も、一人、一人と姿が消えてゆく。これは本当に淋しい。最近になって気づいたことであるが、道端の雑草を避けて歩くようになった。庭の草とりをしていても、可愛い花をつけた雑草は、そのまま残している。小さな花が、パチッと目を開けて精一杯に咲いているさまを見ると、とても土から引きぬくことが出来ない。今まで平気で抜きとっていたが、一人、一人と去ってゆく友人のことを思うと、雑草といえども生命は尊いものである。小さな虫達も潰すようなことは決してしない。二、三日前に、道路に小さな紙切虫のようなものが、いそがしそうに歩いていた。踏み潰されると可愛そうだと拾いあげて、安全な場所へと持って行った。いかに小さな生命であっても、生きとし生きるもの、生命というものは大切なものである。

老が深くなるほど、自分の手足を見ていかに酷使してきたことかと考えると、愛しさと感謝の気持ちが湧いてくる。これは、深く老いたる者のみが味わう感情であるのかもしれない。老いとは、侘しいものである。

経済の構造改革がおくれ、景気の回復がおそく、焦燥感を通り越し、現在ではすっかりあきらめムードの老人ばかり。資産家は別として、老人はお金持ちが多いというが、いざという時に必要なお金を持っているのが当然のことで、だからといってバブル時代のような不必要な物は買わないだけである。今一度、世の中の経済が回復し人々の瞳が輝きだすまで、この世から消え去る気持はない。去る時は、ひらりひらりと舞いおちる落葉のようでありたい。

あとがき

あとがきを書き直そうと思いながら早や十日余りがすぎてしまいました。雑事に追はれ、なかなか言葉が生れてこなくて困っています。

八十七歳の生きる雑事とは、一体いかなるものかと不審に思われる方々も多いと思いますが、梅雨明けの晴れた日には家中の押入れや窓を開け放ち空気の入替をしたり、庭木の手入れをしてみたり、食料品の買物をしたり、主婦の仕事が重荷に感じて文章を書く気持などどこかえ飛んでいってしまう。

八十五歳までは、こんな愚痴は一度も口にしたことはなかったが、八十五歳をすぎた頃からは、私にとってはいよいよ最後の老境に足を踏み入れたような感じがする。

「人生は重荷を背負って坂道を登るが如し」

と家康の言葉であるが、本当にその通り。だからといって人生は決して暗く重い日ばかりではない。かえりみれば人生の哀楽の道は、年と共にコンピューターのごとく頭の中に整然と組みこまれてきたような感じがする。株式でよく使われる言葉であるが、現在は折込みずみといったところだろうか。過去の苦難の道が消化され、楽しい想い出のみが頭の中を往来する。

「日は落ちても日は又昇る」

この自然界の素晴らしい仕組みがあるかぎり、努力をすれば必ず報われる幸福な明日が訪れると信じている。

人の生活は千差万別、努力をして生きる人、怠惰な生活をする人、それに貧富の差もあり、それぞれが異なるのがあたり前、どちらの道を選ぶかは自分自身にある。道草をしているほど人生は長くはない。人生は何度でもやり直しがきく等と、気安めを言う人がいるが、人生にとって決してプラスにはならない、せっかく与えられた大切な自分の人生である。

「若い時の苦労は買うてもせよ」

という言葉がある。人生は苦労の多いほど、晩年に美しい想い出を沢山のこしてくれるものである。深く老いてからの楽しみは、この想い出にひたるのも一つの方法である。

先日新聞を見ていると、ロンドンの街から雀の姿が消えたと書いてあった。日本でも、富士の裾野の野鳥がめっきり少なくなったとか、私の住居の周辺でも、ひよどり、目白、雀のすがたが見えなくなってきた。小動物にとっては住み憎い世界になりつつあるのだろうか。時々カラスの鳴き声が聞こえる時があるが、心の底から、ほっとした安らぎを感じている。小鳥や犬猫の鳴き声が、この世から消え去る時、人間はいったいどうなっているのだろうか。

著者プロフィール

神垣 清（かみがき きよ）

大正四年、三重県に生まれる。
現在、横浜在住。

八十路のひとりごと

2002年10月15日　初版第1刷発行

著　者　神垣 清
発行者　瓜谷 綱延
発行所　株式会社 文芸社
〒160-0022　東京都新宿区新宿1-10-1
電話　03-5369-3060（編集）
03-5369-2299（販売）
振替　00190-8-728265

印刷所　株式会社 ユニックス

ISBN4-8355-4434-X C0095